U0125262

马未都 著

演讲与讲演

长江出版传媒 ∙ 长江文艺出版社

北京长江新世纪文化传媒有限公司
www.cjxinshiji.com
出品

目 录

古人说："小慧者不可以御大，小辩者不可以说众。"深以为然，引以为戒。

并不是大人物的讲演才值得一听，才打动人。有一些名不见经传的普通人，只要条理清晰，感受真实，他们的讲话一样令人印象深刻。

现 实 与 实 现

　　我们每个人的一生，在生理上、心理上，或者周围环境上，肯定会遇到坎儿。每个人内心中的坎坷一定是靠自己去战胜的，无论别人怎么帮你，你都需要自己迈过这道坎儿。

学 问 与 问 学

　　我总说"历史没有真相，只残存一个道理"。天下的事什么最大？道理最大。读史，不要强调哪个历史是真实的，最重要的是要知道历史遗留下来的道理，道理对终生有用。

欢 喜 ⊙ 喜 欢

我们总说"让世界充满爱",爱不仅仅是个人内心的感受,更是对世界、社会传递善意的行动。如果每个人都做到这一点,世界就一定会变得更加温暖。

观　复　与　复　观

　　站在文物面前思考过去，我们可以看见我们的文化。我们正是通过一件件物证来看到我们的民族文化，看到民族生成的渊源。收藏就是收藏"看得见的历史"，感知文明，怡情养性。

自　序

　　在古人那里，写与说是两套不同的系统。写叫"文言"，说叫"语言"，写和说之间有一道明显的界限。究其原因，缘于古人读书是件很奢侈的事，直到民国乃至新中国成立初期，文盲还占大多数，能说不能写（当然也不识字）乃普遍现象。

　　今天说和写合二为一，称之"语文"。这词很年轻，追溯起来不过一百余年，是晚清重臣张之洞1875年在《輶轩语》首提的。1905年清朝废科举后，凡办学堂者都改称"国文"。五四运动爆发后，文言文受挫，白话文受宠，遂小学堂改设"国语"课。后叶圣陶先生提出国语、国文合并，称之"语文"，既有说又有写，中华人民共和国成立后获政府批准，成为中小学最重要的主课。

　　语文是衡量个人人文素养的必要标准，故今日各类考试，从小到大，语文占比极重，无论文科理科，能说会写无疑占其优势；走向社会不仅占其优势，还占其风光。这是因为语文是社会交流的必要表达手段，无论是说还是写，无论表现何种内容，语文的畅达都会使人出类拔萃，占得先机。

　　尽管我们一生下来就要学习"语"——说话，童年还要学习"文"——写作，但绝大多数人还会以"语文"为畏途。一个伴随你一生的技能——说话与写作，为何这样难以驾驭？原因就是中国文字太难。常用的 4000 汉字（占全部汉字的 5%）如同魔方一样，拼凑出无数个复杂的"作品"。无论说还是写，即便掌握了汉字，也未必能掌握好拼凑"作品"的能力，所以学会"语文"几乎是每一个人一生的事情，不管愿意不愿意。

　　说话本是表达自我意愿，组织句子只是让表达的意愿更准确自如。但中国语言奇特，准确自如地表达自我意愿并非易事，多数时候词不达意，文不对题。所以在长达十多年的文字训练中，也只有少数人能做到准确自如地表达自我意愿，尤其在公众面前更高一级地表达。这种更高一级的表达就是所谓的"讲演"。

讲演有几个基本条件：先是语言流利，词汇丰富，逻辑清晰；再是知识熟练，善于表达，有条不紊；三是自信满满，目的性强，愿意表现。这需要锻炼自己，甚至强迫自己。每一位成功的讲演者都不是天生的，都有这样一个过程。

那么"演讲"呢？这需要文学在前。因为凡重大演讲不容出错，需要先写下文字，再声情并茂地演讲。凡历史上好的演讲名篇，无论中外，都由演讲者本人写稿。在表达思维的同时，演讲也展现个人说话的风格。

无论讲演还是演讲，都必须遵循一个不是原则的原则，那就是真诚。真诚可以说是战胜一切的法宝。凡发自内心的讲话，接受者会有心灵感应，产生共鸣甚至共情；凡掺杂私心假话的讲演，即便演技高超，在明眼人看来，也是躯壳一个，没有灵魂。

古人说："小慧者不可以御大，小辩者不可以说众。"深以为然，引以为戒。

是为序。

马未都

癸卯小暑

引言：演讲与讲演

公开讲话的艺术，往大了说叫讲演，但照稿念的另算。

按照传统观念，中国人不大在公众面前讲话。为什么呢？中国人强调"含蓄为美"。人得含蓄，别那么张扬，不喜欢出风头。一说出风头，就是"出头的椽子先烂""枪打出头鸟""言多必失""祸从口出"……魏晋人李康早就总结过了："木秀于林，风必摧之；堆出于岸，流必湍之；行高于人，众必非之。"

第一句我们常说，都懂，不用解释。第二句是什么意思？如果岸上有一个土堆突然滑落到河里，水流立刻就把它冲没了，这叫"流必湍之"。第三句呢，一个人在社会上，如果表现得高于别人，大家一定在背后说他坏话。

这都是我们的文化现象。这种文化，造就了中国人在众人面前说话一定要思索，导致中国人不大愿意在众人面前表达自己的意愿。跟西方人比起来，我们在公众面前的表达能力明显是弱的，从小缺乏这个训练。学校里的语文课，本来是"语"在前，"文"在后，可是今天，不重"语"，只重"文"。孩子作文写得再好，也很难在公众面前说话，顶多是当众朗诵他的作文。

西方的小学经常有这样一堂课：刚放完假，每个学生都上台，把自己假期里经历了什么讲一遍。讲完老师点评，谁讲得有意思，谁讲得有重点，谁讲得有细节。

我们今天的小学、中学，也应该让孩子们锻炼当众说话。每个月可以有一堂课，让每个人都讲一讲郊游的记忆、春节的见闻、电影的观感等。这是一种基础训练。小时候不训练，长大了肯定没法在公众面前表达。

讲之演之，自信自如

我自己虽然没有经历过课堂训练，但是从小上台的机会就不少。第一次面对百人以上的场合当众说话，是十四岁。

那个年月，我在东北的五七干校，上台之前，腿肚子就转筋，紧张得不行。上去说什么呢？基本照稿子念，"誓死保卫祖国"一类的话。但这毕竟是一个锻炼。

后来到农村去，十八岁了，当时算知识青年，没少替各位农民叔叔、村主任伯伯写讲话稿。有时候，他们念我写的讲话稿，因为在现场太紧张，导致失去了基本的辨识力，闹了不少笑话。

能不能在公众面前脱稿讲话，也是一个人的能力。过去我们看到各种单位，各级领导，只要发言，就从兜里掏出一张稿子来念，干巴得要死。我在单位上班的时候，就怕听报告会，一点儿都不生动，没意思。领导拿一大摞子纸，念完拉倒。

我们为什么不能脱稿讲话呢？因为怕犯错误。说话很容易说错，比如我录节目，经常打磕巴儿，脑子短路。如果这番话还承担着某种责任，压力就更大。与其出错，不如不说。

可是你越不说，就越不能说。很多人都怵上台发言。我参加过一个很大场面的会，那个单位有一位副总，从来没上过台，那天也不知道为什么，非让他上台先讲两句。好嘛，副总上台以后，就剩下嘴唇哆嗦了。我坐得比较靠前，看得很清楚，简直替他难过。哆嗦半天，一句也说不出来，脸色煞白，紧张到那个程度。

其实在公众面前讲话，尤其是人多的大场面，每个人都紧张。有一次我跟濮存昕一起参加一档节目。我说，我上过很多很多次台，按说不该紧张，可还是有点儿紧张。他说这是好事儿啊，适度的紧张对发挥特别有好处。他还说，他现在的"毛病"就是上台紧张不起来。他是演员，演一出戏，可能连续一个月每天晚上都要上台，太习惯了。

他的话给了我很大的启发。听他这么一说，我发现自己就属于那种"适度紧张"。上台之前一定是紧张的，上去以后就不紧张了。原来这是好事儿。

过了紧张这道坎儿，讲什么，怎么讲，也是需要斟酌和练习的。往台上一站，你的姿态，你的口吻，你的节奏，跟平时说话真不一样。

我碰到过一个人，自觉特别能说。有一回参加活动，主办方请他上台，给他留了十五分钟的讲话时间。他还嫌少，就给我这么点儿时间？信心满满地上了台，呱呱呱呱开始讲。讲了五分钟，没词儿了，一看表，还有十分钟呢，脑子"嗡"的一下，一句话也说不出来了。

这样的人有很多。平时夸夸其谈，话与话之间没缝儿，想扎都扎不进去。但是一上台，前言不搭后语，没文采没逻辑。

好的讲演要靠好的细节

对于公众人物，讲演是一个表达自己、展示自己的机会。把握好了，可以极大地给自己的形象加分。好的讲演要靠好的细节来支撑。比如乔布斯在斯坦福大学的讲演，短短十四分钟，不讲大道理，只讲三个小故事。

第一，我的来历。我的父母不是生我的父母，是养父母。他们把我养大，供我上大学。大学的学费太贵，几乎令他们倾家荡产，我又学不到想学的东西，于是退了学。这是真正属于我的人生的开始。

第二，我在而立之年栽了一个跟头，创办了"苹果"，却被"苹果"开了。这场意外出局，让我抛开负担，重新开始，才有了今天的成就和家庭。

第三，我得了病。一年前我被诊断出罕见的胰腺癌，很幸运，现在治好了。与死神擦肩的经历让我明白，没人愿意死，但每个人都会死。正因为生命是有限的，所以，不要活在别人的噪声里，要敢于追随内在的直觉和心灵的呼唤。

这三个故事，讲得从容感人。在西方人心目中，得病是一件很隐私的事，尤其是绝症。但他说出来了，没有一点儿悲伤和痛苦，充满了希望和积极的态度。校园里井然有序，所有人都在静静地聆听，被那些生动的细节打动。

并不是大人物的讲演才值得一听，才打动人。有一些名不见经传的普通人，只要条理清晰，感受真实，他们的讲话一样令人印象深刻。

有一次我参加一个国际品牌公司的活动，很讲究，是在一家超五星级饭店举办的，晚宴也非常奢华。上甜点的时候，主持人请出了总厨师长，请他上台讲讲话。那天他把我惊着了，厨师长的讲话和他的厨艺有一拼。我当时就认为，这位总厨师长是个天生的讲演家。

首先他说，自己当初为什么学厨师？不为理想也不为抱负，就为了能顿顿吃饱饭。吃饱了，摸摸肚子还是很舒服的。我们都知道，在中国，厨师在自己的工作单位是随便吃的，没人敢收厨师的钱。

他又说，自打干上厨师这行，两头没见过太阳。早晨出门，天光未晓，街上只有扫马路的清洁工，不见一个行人。早早到了厨房，开始做各种准备，学各种厨艺。忙完一天的工作，把一切收拾妥当，晚上回家，又是满天星斗，除了路灯，无人陪伴。实在太累了，一进房间，倒头就睡。这样的日子过了很多年。

他是发自内心地喜欢厨艺，不管红案白案，大菜小菜，都愿意去钻研，去学习。熬了三十年，终于成为一个超五星级饭店的总厨师长。要知道在超五星级饭店当总厨，薪水是非常高的。这时候的他已经经历得足够多，见识得足够多，收入不足为道，只是这份职业的一个背景。最后他给我们讲的是今晚为什么这样配菜。

听他在台上娓娓道来，当时我就想，这顿饭对我来说已经很不重要了，而这个厨师的这段话对我非常重要。回去以后，我跟活动主办方说，我没别的要求，就想要晚宴上那段厨师长的讲话录像，我再好好看看。

一个厨师，他应该没受过讲演的训练，也没受过所谓的高等教育。他为什么这么会说呢？第一，他脑子清楚。好厨师一定脑子清楚，先上什么菜，后上什么菜，菜和菜之间的关系怎么匹配，成竹在胸。同理，先说什么后说什么，哪儿详哪儿略，哪儿轻哪儿重，他是有数的。第二，他说的完全是自己内心的感受，而且他能用准确的语言把它表达出来。

演之讲之，感人肺腑

所谓讲演，是一个人在公共场所的公开表达。不管你在学校，还是在工作单位，你要当众阐述一件事情、一段经历，都属于讲演的范畴。还有一种公开说话的形式更深刻一些，叫演讲。

演讲和讲演有什么不同呢？从字面上看，"演"在前，"讲"在后，说明前者表演的成分居多。从内容上看，"讲演"更多是讲私事，讲私情，大部分人只能讲一次，或者同一个故事反复讲；"演讲"更多是讲公共事务，要求演讲者有清晰的逻辑思维和极强的感染力，尽量不涉及私事私情，但也不排除为了达到好的效果，把私事变成公事，把私情变成共情。

我前些日子去欧洲，在飞机上看了个电影，叫作《国王的演讲》。这电影获得了很多"奥斯卡"的奖项。电影的内容之平淡，以至于我相信我们很多大导演是没有能力去处理的。

这个电影讲的是什么呢？英国约克公爵，乔治五世国王的次子，从小口吃，没法在公众面前流畅地讲话。在家人面前说话，给孩子讲故事，倒是一点儿问题没有。看到这儿我就想起我爹。我爹最大的特征就是，在生人面前的第一句话一定结巴得不行，按我妈的话说就是"生怕别人不知道他是个结巴"。有意思的是，我听过我爹在大会上做报告，从头到尾一个磕巴儿不打。我的一些演员朋友也是，平时说话结巴，拖长音，上台演戏的时候，或者演电影电视剧的时候，一点儿毛病没有。从这个意义上说，他们都比约克公爵幸运。

约克公爵的身份要求他必须具备演讲的能力，遍访名医之后，找到了一位语言治疗师，在他的指导下，练习放松身体，放松口腔。这位治疗师的与众不同之处在于，他还兼具心理医生的功能，帮助约克公爵直面内心的阴影，那才是导致口吃的根本原因。乔治五世国王驾崩后，本应继承王位的长子宣布放弃王位，就是那个"爱美人不爱江山"的爱德华八世。于是，约克公爵临危受命，成了乔治六世国王。通过克服内心障碍，他的口吃已经大大改善，在加冕典礼上成功地发表了演说。1939 年 9 月 3 日，即位两年的乔治六世国王发表了著名的《宣战文告》，向德国法西斯宣战，鼓舞了大战前的英国军民。

就是这么一个简单的故事，平淡却不空泛。每一个角色都尽职尽责，演得那叫好，那叫恰如其分。

演讲的功力

国际上著名的演讲，出自美国的最多。因为美国总统竞选要靠演讲，州长竞选要靠演讲，领导民众运动也要靠演讲。演讲能力不强，当不成领导者。乔治六世的时代，还是声音时代，国王通过无线电波发表演讲。同时期的美国总统，也要靠声音的磁性和内容的感染力，去赢得选民的好感。到了后来的电视时代，美国总统都越长越漂亮，模样越是上镜，越有可能吸引到更多的选票。比如肯尼迪、里根，包括克林顿，镜头感都特别好。里根本身就是演员出身。

说到美国的著名演讲，林肯总统在南北战争期间发表的《葛底斯堡演讲》，马丁·路德·金在华盛顿林肯纪念堂前发表的《我有一个梦想》，都是历史上的经典篇章。言简意赅，振聋发聩。

而我个人印象比较深刻的，是里根总统的两次演讲。第一次是1986年1月28日，"挑战者"号航天飞机失事，里根面向全美民众发表电视讲话。

我年轻的时候，有五年时间是在"七机部"度过的，就是今天的航天部，所以我对航空航天方面的事一直比较感兴趣。"挑战者"号失事那天，我在一个朋友家看到电视新闻，愣了半天。按说，这事儿跟我们远隔千山万水，其实关系不大，但在我心里，引起了不小的震动。后来，一个偶然的机会，我看到里根总统当天发表了一个简短的演说，讲得非常好。

首先他表达了对此次事件的痛心，对七名宇航员家属的慰问，念出了每一位宇航员的名字，赞赏他们开拓探索的精神，和为国效力的忠诚。接下来，他谈到美国的太空计划不会因为发生了这样的悲剧而终止。"未来属于强者，我们将追随'挑战者'号全体机组人员的脚步。"最后，他的演讲落在哪儿呢？再一次高度颂扬这七名宇航员的奉献精神，以及继续前行的决心。"我们永远不会忘记他们，不会忘记今早最后一次见到他们的情景——他们整装待发，向我们挥手致意，挣脱大地的束缚，触摸上帝的脸庞。"这段话已开始摆脱悲痛，感人肺腑。

一段四分钟的讲话，贯穿始终的，是里根总统不断强调的"美国精神"。他将一场举世震惊的事故，变成了一场举世瞩目的英雄礼赞。这是他演讲的高明之处。

里根总统的另一场让我印象深刻的演讲，是他写给美国民众的一封公开的告别信，发表于 1994 年 11 月 5 日，内容非常感人。数月前，他被诊断患上了阿尔茨海默病。经过慎重考虑，他决定将病情公之于众，从而唤起人们对这种疾病的关注和对患者的理解。

信不长，翻译成中文，大约五六百字。开门见山，他说："亲爱的美国同胞，我最近被告知，我将成为饱受阿尔茨海默病困扰的千百万美国人中的一员。"他没有沉湎于自己的不幸，而是感谢上帝赐予的余生。他说比自己更不幸的是妻子南希，因为他将慢慢遗忘关于她的一切，希望最后的时刻来临时，南希能够在人们的帮助和支持下，坚强面对。

信的前半段，他一直在讲述私人事务，表达私人情感。信的后半段，他将关注点转向民众，感谢美国民众给他极大的荣誉，让他能够以总统的身份为他们服务。在生命的最后阶段，他将满怀对国家的爱、对未来的希望，去乐观面对。

信的结尾写得特别好，出乎意料，也是这封信最令人动容的部分："现在，我将踏上一段通往生命日落的旅程，而我知道，美国永远会有一个灿烂的黎明。"

这个人太会写了，对吗？将自己的私事公之于世的同时，他让全体民众都感到这件事与自己有关，与美国的未来有关。

他把私人的绝望转化成了国家的希望，这是这封信的感染力所在。

毛泽东主席也有很多著名的演讲，首推《为人民服务》，其次是《纪念白求恩》，再就是《愚公移山》。过去称之为"老三篇"，非常感人，我们年轻的时候都会完整地背诵。

《为人民服务》是毛泽东主席1944年9月8日在张思德同志追悼会上发表的悼词，开篇清晰有力："我们的共产党和共产党所领导的八路军、新四军，是革命的队伍。我们这个队伍完全是为着解放人民的，是彻底地为人民的利益工作的。张思德同志就是我们这个队伍中的一个同志。"

其后，主席紧扣"为人民服务"这个大的主题，肯定张思德同志"是为人民利益而死的，他的死是比泰山还要重的"，强调"为人民而死，就是死得其所"，同时强调要尽量减少不必要的牺牲，革命队伍中的同志都要互相帮助，互相关心。

在悼词的结尾，主席这样说："今后我们的队伍里，不管死了谁，不管是炊事员，是战士，只要他是做过一些有益的工作的，我们都要给他送葬，开追悼会，这要成为一个制度。这个方法也要介绍到老百姓那里去。村上的人死了，开个追悼会。用这样的方法，寄托我们的哀思，使整个人民团结起来。"

有一次，我受邀去中共中央党校讲课，台下坐的是很多高级干部。谈到当前的一些问题，我就向他们举了这个例子。张思德同志是怎么牺牲的？当时他在陕北烧炭，炭窑塌了，他把队友推出去，自己被埋在了里面。这是一个事故。但是毛主席，把这个事故变成了一个制度，而且把这个制度的意义提得非常之高——通过为牺牲同志开追悼会这样一个形式，使整个民族团结起来。

我年轻的时候先在工厂，后到出版社，只要有单位，单位上一个人去世，我们就集体跑到八宝山，给他开追悼会，念一篇悼词。从1944年9月8日那一天起，至少到1994年，追悼会制度在整个中国的系统里运行了五十年。这五十年，它使我们这个民族更有凝聚力。

这就是著名演讲的功力。

好的观众成就好的演讲者

今天，各个电视台都在制作播出讲演或演讲类的节目，但是真正意义上的好演讲，还是非常少。中国人的演讲和西方人的演讲比较起来，我目前看到有几个差距。

第一个差距，是我们大部分的正式演讲，调子都起得比较高，内容都说得比较宏观，缺少细节，因此就缺少了一些打动人的力量。

第二个差距，是中国人的演讲普遍缺少幽默，尤其是重大场合上的演讲。一方面，是演讲者自身不够松弛，不大会幽默；另一方面，跟观众的状态也有关系。中国人在这种氛围中是不敢幽默的。

我自己就有过这样的体会。上场之前，我希望讲得比较宽松，能够说一些幽默的话题，让大家在笑声中有所悟。可是一上台，就会发生一种现象：当你做出一个演讲的态势，幽默感马上就没了。同样一段话，在另外一个场合讲，可能引发哄堂大笑，但在这样的氛围中，观众没反应。

所以从某种意义上讲，一场成功的演讲，不仅对演讲者有严格的要求，对在场的听众也有严格的要求。听众太少不行——不信你自己在屋里讲，让一两个家人朋友坐在对面听，你很难把精神头提到最佳状态；听众太多也难——一个巨大的场馆，容纳一两万人，说话得用高音喇叭，每句都有回声，那样的状态下你想说的话和想用的词，都会不一样。

除了人数得合适，听众还得尊重你，愿意配合你。

不久前我在美国参加了一场盛大的酒会。那是一家美国文化组织成立二十周年的纪念活动，该组织专为上海博物馆募捐藏品。酒会开始之前，人们三三两两地聚在一起闲谈，当主持人敲敲杯子，示意活动开始的时候，在场的二三百人顿时安静下来。我估计在中国，只有开两会的时候是安静的，其他场合都不安静，呜噜呜噜说话，不尊重别人。在一个安静的场合中演讲，对演讲者的发挥至关重要，场面太乱，什么演讲也没意思了。

说完大演讲，再聊聊小演讲。什么是小演讲呢？就是获奖感言。我最不爱听中国人的获奖感言，千篇一律。影视界的人得了奖，一上台，感谢导演，感谢同行，感谢爹妈……没别的，都一样。

相比之下，"奥斯卡"颁奖仪式上，我们听到的获奖感言都非常个性化。比如在《大地惊雷》中扮演独眼警探的约翰·韦恩说："早知如此，我在三十五年前就戴上眼罩了！"服装设计师爱迪丝在颁奖典礼上，看着手里的小金人说："我要把他带回家，好好为他设计一套服装。"

一个人一生中可能做很多事，真正能够做出成就并且获得认可的事是很少的，捧回大奖的机会，更是微乎其微。如果你能抓住这样的机会，准备一个简短的获奖感言，如果你的获奖感言既感人又幽默，长久地被人记住，就是一个成功的小型演讲，就无愧于人生的高光时刻。但是小演讲有一个问题必须注意，即防止失之油滑，我就听过油滑甚至油腻的感言，既不尊重观众，也不尊重自己，拿着无知当个性。

表演的三个大忌

我在前面说到了"讲演"和"演讲"的区别。"演"字在前的时候，表演的成分居多。那么不妨从表演的角度说说，有哪些忌讳需要规避。

我过去跟很多演员的关系比较熟，有时候聊天，他们告诉我，表演的大忌之一叫"挂鬼脸儿"。什么意思？就是演员一上台，他的脸就变成另外一张脸了。学舞台表演出身的人，都特别容易"挂鬼脸儿"，演戏夸张。

为什么呢？一切表演的鼻祖都是戏剧，而在戏剧刚刚诞生那个年月，演出条件跟今天没法比。今天都是现代化的舞台，专业的灯光，光线一打特亮，台下看得清清楚楚。过去演出都靠自然光线，点两根儿蜡，那怎么看啊？为了让观众尽量看清楚演员的面部表情，逐渐就形成了脸谱，每个脸谱都有明确的含义。京剧是有脸谱的，川剧也是有脸谱的——

变脸就是换脸谱。有时候我们说一个人是"小白脸"，这词儿就是从京剧来的，表示他"不是好人"。

表演的第二个忌讳是什么呢？过于紧张，导致出错，自己还束手无策，甚至毫无觉察。

我没学过表演，但是十几岁的时候上台演过戏。当时我年龄小，但个子高，有个叔叔就叫我跟他去东北林区普及样板戏，一站一站地演。说是叔叔，比我大不了几岁。那会儿在部队，只要你不够十八岁，见着十八岁以上的都得叫"解放军叔叔"。

我演的第一个角色是什么呢？当时有八个样板戏，之首是《红灯记》。《红灯记》里有个情节，李奶奶和李铁梅在家，进来一个卖木梳的。卖木梳的，本来是我们的地下工作者，来了就要对暗号。结果这人是假冒的，暗号没对上，让李奶奶推出去了。推出去以后，李奶奶对铁梅说，赶紧把窗户上的红蝴蝶揭下来，暗示你爹别进来。正要去揭蝴蝶呢，铁梅她爹李玉和一推门进来了。李奶奶一惊，手中笤帚落地，李玉和察觉不对："妈，出事儿了？"李奶奶说："屋外有狗。"

这时候我就上场了，围着电线杆子转了两圈，下台。所以我的第一个角色就是那屋外的狗，没有台词，也不容易出错。

我有个队友，也是业余演戏的。他喜欢念台词，觉得老站在背景里演战士甲、匪兵乙，没意思。跟领导磨了半天，终于要来一个有台词的角色——《智取威虎山》里的战士小张。这是八部样板戏里台词最少的一个角色，没名但好歹有姓。

剧情也很简单。少剑波喊："小张。"他答："到！"少剑波说："带栾平。"他答："是！"两句两字。

自打这哥们儿领了任务，我们就全倒霉了，天天看他拿一铁锹把儿，冒充一杆枪在地上戳，就练这俩字儿："到！是！到！是！"嗓子都喊哑了。

彩排顺利通过，正式演出那天，台词到这儿了。

少剑波喊："小张。"
他答："是！"
少剑波说："带栾平。"
他答："到！"

就这俩字儿，彻底念反了，他还浑然不觉。底下观众哄堂大笑，因为那几个样板戏，当时人人都能倒背如流。直到演出结束，我们说他念反了，他还不承认，非说没错。

上台演戏，需要很多表演之外的经验积累，你得随机应变。各种偶然因素可能导致各种问题，就看你能不能把这事儿天衣无缝地妥过去。

表演的第三个大忌，就是戏过了。好多年前，有个谢添执导的电视剧叫《那五》，冯巩主演，讲一个八旗子弟荒唐可笑的故事。冯巩是相声演员，也经常演小品。相声小品都不怕过，就是要一种"过"的效果，拍电视剧可不成。所以他一演电视剧，就老演过。一演过，导演就喊停。一喊停，他就明白了，也很会自嘲："哟，一下儿演成'那六'了。"今天我是不爱看电视剧了，因为生命有限，没有那么多时间了；今天演员的演技大幅度提高，但仍有人摆脱不了戏演过了这个问题。

男装学问，女装幸福

接下来我想说点儿题外话，也跟表演有关。不是舞台上的表演，是生活中的表演。舞台上的表演，怕错，怕过，怕鬼脸儿挂得太夸张。可是有些人在生活中就喜欢自戴面具，俗称"装"。

　　我年轻的时候认识个女的，每天中午吃完饭就嘴里叼一牙签走来走去。过去人们心目中叼牙签的都是周润发演的那种黑社会。一女的，叼一牙签，多难看啊。有人就问她，你为什么叼一牙签啊？她说我中午吃的是肉，塞牙。哦，合着她就想证明自己伙食好，天天吃肉，不叼牙签就没人问她呀。

　　现在生活好了，没人炫耀吃肉了。当时大伙儿都穷，谈论吃喝倒是个常态，过嘴瘾。还有一个能拿来炫耀的是衣服裤子。有点儿闲钱，做条新裤子也不容易。穿在身上，别人看见了，夸赞一句这料子"挺好，不错"，就算到头了。可我认识的一个人不这么说，他非得说："你看我这料子多高级啊！"把自己弄得像个文艺工作者似的。

　　我发现同样是装，男人和女人还是有点儿区别。男人特别愿意装学问，装有钱；女人呢，就是装幸福。又得说到我认识的一个女的。天天秀幸福，说丈夫满足了她的年轻梦想。什么年轻梦想啊？想跳芭蕾舞，可惜腿短，肉厚，跳不了。现在好了，有丈夫了。她自己先爬到窗台上，假装往下掉，丈夫就站在旁边接着她，所谓"托举"，这就算跳过芭蕾舞了。托举几年之后，俩人也离了，可能除了跳舞，日子过得未必多好。

　　装学问的男人就更是屡见不鲜了，谁身边都得有几个。我原来有一朋友，要说他一点儿学问没有，那是冤枉他，但是他的英文确实不行，比我好不到哪儿去。有一回，他夫人去美国当访问学者，他陪读了八个月，回北京以后，叫了个美国人跟我一起吃饭。

　　美国人是个"中国通"，中文交流无障碍。我这朋友呢，从美国回来添一毛病，从头到尾"嗯哼嗯哼"的，说两句中文就要夹带个把英文词儿，说着说着还告诉我NYU如何如何。对这种人我一向不客气，必须制止。我说等等，你给我解释解释，NYU是什么意思？他说，哟，我还真不知道中文怎么解释。那个美国人马上用中文给我解释："NYU，纽约大学，简称纽大。"

　　我见过英文好的人多啦。十几岁时在东北干校的一个同学，小时候跟我一样，英文字母都不认识，在很短的时间内考完托福，去美国留学，后来在美国的大学里教英文写作。他的文章，被美国大学当成英文写作范本。可是任何时候他跟我说话，都是干干净净的中文，不会夹杂一个英文单词。他说没有什么意思是一种语言表达不了的，他就要保持语言的纯洁性。

　　至于那些爱把中英文夹杂着说的人呢，对我也有好处。

我这有限的几个英文单词都是跟他们学的。比如有人约我吃饭："马未都啊，anyway 你得来。"你懂什么叫"anyway 你得来"吗？就是"无论如何你得来"。Anyway，我懂了。

有一回去荷兰，一个朋友开车带着我，跟我说："往前走一拐弯儿，有个大 church。"我说什么叫大 church？她说，就是教堂。哦，church，教堂。她还特爱说"这事儿 easy 疯了"。什么叫"easy 疯了"？就是"容易极了"。我又学一单词：easy，容易。

这个学习方法对我来说还不错，可是这位朋友的实际语言能力真不敢恭维。我跟她一块儿，在火车站买票去阿姆斯特丹。她趴在窗口说，我站旁边听着。她先用荷兰语说了一遍："买从这儿到阿姆斯特丹的火车票，两张。"人家没听懂。又改用英文说一遍："买两张到阿姆斯特丹的火车票。"人又没听懂。最后用中文跟人家说——我都听懂了——她说："买两张从这儿到阿姆斯特丹的火车票。"人家更听不懂啦。于是她一脸无辜地转过头来看着我说："这人怎么这么笨啊，什么话都听不懂。"

她还嫌人家荷兰人笨。我认识一个荷兰小伙子，聪明着呢，什么北京土话，听两遍就学会了，就是不认识汉字，看不了报纸。其实欧洲小国的人，语言能力普遍强，很多人都掌握多国语言。为什么呢？国家太小，一不留神就出去了，只会一门语言很不方便。

我反正想不透，人为什么要装。因为不自信，才要展示给别人看？买块手表，买个钻戒，都想晒出来，还得讲究策略。晒不好人家说你土鳖、土豪。你得说，这些日子我很累，都病了，上医院打点滴了，你们看这针孔……实在没有就拿大头针扎一下。一晒针孔，手表和钻戒不就露出来了吗？

装也分功利的和非功利的。叼牙签的、跳芭蕾的、夹英文的、晒针孔的，都是后者。没别的目的，只想展示自己的与众不同，俗称显摆。什么是功利的装呢？比如有的人在单位极为懒散，什么活儿都不干，领导一来，他就比谁都积极了，把地扫得暴土扬烟，脑袋上不出汗不算完。

过去我在出版社当编辑，每个编辑都要审稿，审完稿要写审稿意见：这篇稿子能不能用，用的理由是什么，不用的理由是什么。谁写的审稿意见，最后签上谁的名儿。我是只签自己的名字，交上去完事儿。有的编辑不但签名，还爱把时间写上。今天的落款是"于深夜十一点"，明天"于午夜零点"，后天更晚了，都出了家门了，"于凌晨三点半，路灯下"。

　　为什么这么麻烦呢？特意写给领导看的。领导一看，嚯，这编辑真辛苦。那时候我在编辑部岁数最小，口无遮拦。开会的时候我说，根据某某编辑的审稿意见可以看出，他白天大概不怎么工作，稿子都是午夜以后看的。

　　有的人装，他知道自己在装，适当的时候也愿意改；有的人装，还不知道自己在装，或者知道也改不了。

　　其实在领导面前表现积极无可厚非，也算一种正常的工作态度和人生态度。只是这种表演不能过，"那五"演成"那六"甚至"那七那八"就不正常了。尤其是不能挤对别人。有些人在显示自己的同时，特别愿意指出别人的问题，以碾压别人为乐趣。这种人，心术不太正。

　　最后讲个段子。有个年轻人对禅师说，我志向高洁，出淤泥而不染，没法跟世人一起混，该怎么办呢？禅师拿出一个麻袋，让年轻人把屋子打扫干净。年轻人很听话地照办，把扫出来的垃圾都装在麻袋里。禅师又甩给他一个袋子，年轻人若有所悟："您的意思是，要有足够宽广的襟怀，才能容纳这个世界？"禅师指着袋子说："装，你继续装。"

现实与实现

>>>　我们每个人的一生，在生理上、心理上，或
　　　者周围环境上，肯定会遇到坎儿。每个人内
　　　心中的坎坷一定是靠自己去战胜的，无论别
　　　人怎么帮你，你都需要自己迈过这道坎儿。

人生的意义

　　人生的意义，这是一个非常宏大的话题。每个人在人生理论上讲都是有意义的，但这个"意义点"在哪儿？恐怕很难捕捉到。我自己的人生都走过六十多年了，有时候还在考虑这个问题：我们存在的意义究竟是什么？

自知者不怨人　知命者不怨天

　　故事要从今年的中秋节讲起。中秋节这一天，我在我的微博后台看到一个孩子给我写的信。信是用手写的，满满当当四页稿纸，以图片的形式发过来。信上的钢笔字很清秀，很规矩。我想，在座一千多位同学里，不要说谁的字写得比他好，敢于站起来说"我的字跟他的字差不多"的，估计也不会很多。

我年轻的时候是职业编辑，对手写的文字有种天然的亲近感。这种亲近感，引起了我对这封信的注意。在这四页稿纸里，他讲了自己的身世和故事，工工整整，文理通达。他所讲述的人生十分不幸，比如在农村长大，小时候受人歧视，家庭氛围很不愉快，甚至还有家人自杀，等等。读完这封信，我跟他通过微博私信简短地聊了几句。

我问他现在的工作状况怎么样。他说他大学毕业以后去了一家银行工作，工作了四年，不是很愉快，也不能体现人生价值。正好北京有一家公司招人，他就来了北京，来了以后觉得上当受骗。因为那是一个"小额贷"公司，基本上是靠骗人为生，他心里跨不过去这个坎儿，人家答应给他的工资也没有给。

他是在很郁闷的时候，给我写的这封信。但从信的文字表达上看不出他的郁闷，思路很清晰。所以，我跟他的沟通也保持着"适度"和理性。我告诉他，我们观复博物馆正在开发一个 App，需要招人，他可以去试一试。

几天以后，他告诉我他试了，他觉得那些岗位都不大适合。我问他是学什么专业的，他说学统计。我说，开发 App

正好需要一个学统计的人，你愿不愿意尝试？他说，他虽然是学统计的，但是他觉得没能力去适应它，可能做不了这份工作。然后很礼貌地说"谢谢马老师"，这个事儿就过去了。

一个月以后，还是在微博后台，我收到他发来的一条信息，内容是："斯人已逝，谢谢你在他人生的最后时刻，给他的安慰。"当时，我的心"忽悠"一下就沉到底了。

我急切地通过所有可能的途径，希望跟他的家人取得联系，但是没有联系上。然后他的微博就永久关闭了，内容全部被清空。

我们每个人的一生，在生理上、心理上，或者周围环境上，肯定会遇到坎儿。每个人内心中的坎坷一定是靠自己去战胜的，无论别人怎么帮你，你都需要自己迈过这道坎儿。

这个孩子，仅凭这手好字，都有无尽的价值。我当时还想，正需要这样能靠手写做一些抄录工作的人。因为我们有很多信件，手写就比电脑打印显得更加亲切。但是没想到，他不在意自己有这样一个本事。

如果我今天还有机会跟他沟通，一定要告诉他：我们读过那么多先贤的书，读过那么多诗词，李白就说过"天生我材必有用"啊！在今天这个社会中，我们一定是有用途的，不可能没用途，世界需要我们每一个人。更不要说，你又接受了很好的教育，小学、中学各六年，大学四年。一个人完成十六年的教育，时间是非常漫长的。走了这么远的路来到这里，你至少要学会直面人生的困难。

如果你能够跨过这道坎儿，你的世界一定不是这样。所以古人说"自知者英，自胜者雄"，"英雄"这个词是这么来的。我们每个人都要做生活中的英雄。

很多年轻人跟我聊天说：马老师，你这里也好，那里也好。我说，我跟你比，没有一点儿好。年轻就好，什么也不比年轻好。

只要年轻，就还有很多空间，对这世界有一个交代。同时，世界也会给你很多机会。你的目标可以定得高，也可以定得低。人生的目标不一定是非常宏大的目标，有些目标，达到的时候你才可能愉快。而对我来说，很多目标根本达不到，但我一直在努力。

荀子说："自知者不怨人，知命者不怨天。"自己很明白自己的时候，就不会埋怨别人。也不要老说自己运气不好，每个人都有运气好的时候和运气不好的时候。今年夏天我还自个儿在浴室里摔一大仰磕呢，肋条骨都摔折了一根。怨天有用吗？还是怨我自己不注意。

当你走入社会的时候，要知道，公平一定是相对的，不公平一定是绝对的。本身就没有绝对的公平。当你认为一件事不公平的时候，我告诉你，它有可能是公平的，只是你"感受"到不公平；当你认为一件事非常公平的时候，它有可能对别人不公平。

所以，所谓的公平是为全社会设计的，不是为你一个人，你感到不公平非常自然。当你在生活、学习、工作中感觉不尽如人意的时候，不要轻易认为社会不公平。一定要放平自己的心态，知道自己在社会整体架构中的位置是什么——就是一个很小的点。这样你的内心才能强大。

慎始慎终慎独　趋利趋名趋静

让自己内心强大非常重要，别人也帮不了忙，一定要锻炼自己，甚至强迫自己强大起来。

我的"人生八字方针"，第一是"自信"。所有的自信都来自你对世界的理解和对知识的掌握。没有知识就没法自信，人家说点儿什么新鲜的，你就慌神了。

第二是"坚强"。指的是内心真正的坚强，不是装给别人看的。每当你遇到困难的时候，一定是锻炼内心坚强的最好时机。

第三是"认真"。要在这世界上拥有自己的一席之地，我都不说"成功"，只是一席之地，做事一定要认真。哪怕做一件非常小的事情，也要认认真真善始善终，否则一定一事无成。古人的书房里经常挂一块匾，写着"慎始"二字——谨慎一件事的开始。不要"点火就着"，人家说一个什么事，都没想好你就去了。事情开始之前，一定要条分缕析地想清楚。古人又喜欢挂一块匾，写着"慎终"——做事有始有终。开始的谨慎要延续到最终，直到把事情做成。古人还喜欢说"慎独"——独处时要谨慎。一件事对与不对，做与不做，不必面对他人的评判，只需面对自己的良知，要对自己的内心有严格的要求。

第四是"宽容"。认真是对自己的，宽容是对社会、对世界、对他人的。我们对自己可以严格，可以苛刻，但是不能对别人严格和苛刻。或者说，你对别人的工作态度、做事章程可以严格，但你不可以严格苛求别人的个性。每个人都是有个性的，我身边很多朋友的个性一般人都无法忍受，但我可以忍受。

　　当你能够理解这"八字方针"并且照此执行，很多事情就会变得容易。

　　在座各位都是大学生，都希望将来找个好工作。什么是好工作？活少钱多，那准是好工作。这个想法没错，只是比较难找。我常说，人生的第一目标就是"趋利"，只要不违反道德和法律。司马迁说"天下熙熙皆为利来，天下攘攘皆为利往"，只有"趋"到了相应的"利"，才能在社会上有尊严地活着。

　　现在有一个特别流行的词汇叫"财务自由"。每个人都希望这种自由能尽快到来，可惜有时候老天不给你机会。苏洵说："利之所在，天下趋之。"就是这个意思。一个人想要的利益，全天下都想要。所以，趋利有一个重要的前提：法律和道德。法律是他人约束的，道德是自我约束的，因而道德也比法律高尚。当每个人的内心都有着强大的道德约束，社会会变得非常好。

　　人生第一阶段是"趋利"，第二阶段则是"趋名"。当你在社会上历练了一段时间，工作已经比较自如，就开始注重社会对你的评判。所谓"趋名"，不是"追逐名声"，变成明星，到哪儿都有人找你合影，而是"注重名誉"。

　　这两个阶段都走过以后，就进入了第三个阶段"趋静"，希望内心是安静的。内心是一个非常复杂的问题。何为内心安静？我自己有些时候，长时间地心如止水，也有些时候会突然变得激动。比如此时此刻，我站在台上，就多少有点儿激动。我平时说话不是这样，否则就会显得讨厌。

　　当我们走过这三个阶段，就应该理解自己的人生价值所在。

知分寸　识进退

　　我做观复博物馆已经二十三年了，来来去去的工作人员也很多。我不太会招人，总觉得谁都行，所以有专人负责招聘。那天他们告诉我，招了个女博士，我说太好了，终于有博士了。女博士来上班，身后跟着八个人，近亲远亲差不多全来了。这位女博士一看就像女博士，到岗以后，身后的人立刻分成三拨。一拨奔了后勤，检查吃饭住宿的环境；一拨奔了办公室，看看左邻右舍都是谁；第三拨奔了工作场地，感受一下日常环境。

　　女博士很有意思，上了一天班，第二天不辞而别，所有的联系方式都断了。我们对社会是需要适应的，即便不能适应，也可以留下一句话，说"我不适应这个地方"，或者"这个地方不适应我"，都行。到哪儿工作都有试用期，这个没有对错。但是你关掉所有通信设备，永远不再跟我们联系，这就是你的错。

你读了那么多书，掌握那么多知识，这么个坎儿都过不去，将来怎么融入这个社会？你怎么能允许家里那么多人跟着，去检查你的工作环境？这里有上百个工作人员，怎么唯独你需要家里这么多人同意，才能留下来工作？

所以，我们一定要有这个心理准备。不管掌握多少知识，当你进入社会的时候，未必能够适应。

我刚才说了，我从来不管招人。但我曾经招过一个人，仅此一个。那天我去看话剧，前排一个女孩子回头看见我，激动得就要站起来。我说你别站起来，话剧快开始了。她说："我刚辞了职，能不能去你那儿工作？"她那个热情是扑面而来的。我说可以，你明天就去吧。

我一生中就招过这么一个人，铸成"人生大错"。首先得说，这个女孩儿人非常好，很多同事都说，可以和她做朋友。但是她的工作有问题。什么问题呢？太强势，不融合，跟谁交流都是针尖对麦芒。如果别人做错了事，即使认错了，她仍然不依不饶。最后哪个部门都不想要她。

我刚才讲了，你只能对自己苛刻，对别人一定是宽容的，但她做不到。最后没办法，我跟她谈话："全博物馆的员工，只有你是我招进来的，今天只有我来辞你，能理解吗？"我到现在跟她关系也很好，辞了她，不代表跟她关系不好。只是她不适合跟这么多人融洽地工作。

我讲过一个道理：你跟喜欢的人高高兴兴一起工作，不叫本事；你跟不喜欢的人依然能够高高兴兴一起工作，这叫本事。你要修炼自己。

办公室是个很神奇的地方，有的人一见如故，无话不说，有的人面对面坐三十年，形同路人。问题是，工作是讲求效率和成果的，一定要做成事才行。有个词叫"张弛有度"，你得知分寸、识进退，这就是所谓的情商。

有个简单的问题：情商重要，还是智商重要？生活中经常能遇到一些人，傻傻的，可情商特别高。人类本身就是一种情感动物，每个人都有极为丰富细腻的情感，所以人生中很多时候，都要解决情感问题。合作，对每一个即将参加工作的人，是第一道坎儿。遇到这道坎儿的时候，一定要想方设法跨过去。每跨过去一次，你就成长一次。

　　人生经验是积累出来的，珠穆朗玛峰也是一步一步登上去的，在过程中慢慢适应。如果用飞机把你一下子运到那个高度，说不定你就死了。

一切自由都是有限度的

　　我们刚才提了一句"财务自由"，现在再多说几句。

　　其实"自由"前面可以加很多定语。第一个自由叫"菜市场自由"，在菜市场上想买什么就买什么，想吃什么就吃什么。第二个自由叫"交通自由"，"交通"就是位移，最便宜的自由可能是共享单车，最奢侈的自由可能是私人飞机或者豪华航空公司的豪华头等舱，单间里有双人床，在天上能洗澡。还有一个谐谑的说法叫"车厘子自由"，一开始我不明白，车厘子怎么还能自由？闹了半天，是说这东西很贵，吃不起，一盒大概一百多。谁要是买起车厘子来毫不心疼，就叫"车厘子自由"。我非常喜欢这种谐谑的说法，人生一定要有自嘲的态度。

　　什么叫财务自由呢？有这样一个人，他爹给了他五个亿，可是他后来被限制高消费，一点儿都不自由。通过这样一个例子你就知道，真有人给你五个亿，你也未必自由。

人有多少钱，对应着就有多少事，绝对不可能得了一大笔钱却不用做事。如果有人这么告诉你，那么他一定是个骗子。同时，如果没有能力管理这一大笔钱，钱一定会萎缩的。钱一萎缩，你就焦虑；你一焦虑，就过得不好。不是有这么个事吗？一个人原本有好几个亿，最后剩了一百多万美元，觉得人生无望，跳楼自杀了。在座各位，谁有一百多万美元还会去跳楼？就是参照物选得不好嘛。非拿一百万跟一亿比，等于没钱了。

人生的麻烦和内心的障碍都是自找的。作为普通人，其实各有各的欢乐。我问过很多"发了大财"的人，也就是在普通人眼中实现了财务自由的人，"当你挣了这么多钱，人生最大的改变是什么呢？"他们说："就是上餐馆点菜的时候，可以先看菜单左边了。"什么意思呢？菜单左边全是贵的，右边是便宜的。没钱的时候你肯定先看右边，把贵的先剔出去，捡便宜的点。就这么点儿区别。

王朔写过一篇小说，两个人进了西餐厅，单子上全是外文看不懂，只能瞎翻，翻到最后，说这个便宜，十块钱，来两份。等半天，怎么老不上菜？人家说上完了。什么时候上的？都还没吃呢。人家说，您点的俩歌都播完了。

这种事情过去真是有的。人不是生来什么都知道，什么都经历过。你成功了，就想享受人生，就被电影、电视剧里那些情节和场面洗脑了。

三十多年前，我第一次吃日餐，专门从北京跑到天津。天津有个利顺德大饭店，当年孙中山先生都去过。拼盘上来以后，肯定配一小块儿芥末，对不对？芥末做成窝头的模样，跟慈禧太后吃的那个黄窝头一边儿大。我当时不但没见过，也没听说过，不知道是什么。我想，日本人这绿窝头跟我们那黄窝头差不多嘛。我就夹起来一口搁嘴里了……

人生就是这样，你得出无数个洋相。当时呢，唯一的感受就是我这眼睛突然特通畅，眼睛有多宽，泪水就有多宽，跟瀑布似的往下流。眼睛的潜力真是很大，你要是想哭哭不出来，就把那块儿芥末一口咽下去，保你泪如雨下。

所以，我们要知道，所有的自由——包括财务自由——都是有限度的。你如果奢望一个自己驾驭不了的财务自由，生活一定是不幸福的。很多有钱人并不幸福。我见的有钱人多了，都是朋友——我今天净出卖朋友。

我的一个朋友，自个儿盖了座房子，盖好了让我去看。我一进他家，嚯，喊一声能听见三声，为什么？屋子太大，全是回声。他把他妈接进去住，他妈 90 岁了，当面也没说什么。趁他不在，他妈就跟我说："这哪儿是人住的房子！"

家里不是空间越大越好。很多人都嫌自己的卧室太小，将来有个宽大的多好。多宽多大为合适？ 20 平方米、40 平方米还是 80 平方米？如果现在这间礼堂是你家卧房，晚上只要一醒，看看这顶，你肯定得想：这是在哪儿值班呢吧？这么大一个房间是不可以做卧房的，凡事都要有度。

我还有一个朋友，也是自己盖的房子，客厅巨大。我到他们家，他从里面往外迎，我从门口往里进，两人脸都笑僵了，手还没握上呢。我说："你弄这么大个房间干吗呀？"他自个儿说："我现在明白了，为什么呀？因为我太土，就觉得大了好。"

他还给这房子装了世界上最先进的单面通电玻璃。外面看里面，看不进去；里面看外面，无比清晰。所有人进去都上不了厕所。你们想想，我现在站在这儿，要是四周都被这种玻璃围着，你们是看不见我，但我能看见眼前的一千多人。我怎么能在这儿上厕所？怎么能克服巨大的心理障碍？不是说科技一定给你带来幸福。

后来隔了好几年，我又上他们家去，他自己已经不住那儿了，有时候用来招待客人。他自己说，住在那边，最大的麻烦还不是单面玻璃，而是手机丢了找不着。房子太大，手机一静音，找一天都找不着，不知道搁哪儿了。这种麻烦，你不经历是不知道的，对不对？

群居不倚，独立不惧

　　人生的缺憾，我也有。有人说我特幸福，年轻时买的东西，现在值那么多钱。买到的东西值多少钱，其实跟我没多大关系；倒是那些没买到的，跟我有直接关系。

　　20 世纪 80 年代末期，我去上海。上海当时有一种商店叫"友谊商店"，主要赚外国人的钱，但是中国人也能买。我在那儿看到一个碗，很漂亮。当时，商店也认为这个碗是民国时期的仿制品，所以可以卖。碗底贴着一张口取纸，写着编号"55-1964"，大概是 1964 年进的库。标价多少呢？人民币外汇 3 万元。那时候提倡争当"万元户"，1 万元都少见，何况 3 万元，还是人民币外汇。

　　虽然我拿不出 3 万块钱，但架不住喜欢啊，每回到上海，先奔友谊商店那个柜台，把这碗要出来，翻来覆去地看，看完再还给店员。魂牵梦绕了半年，终于，这碗被别人买走了。那是 1988 年，我又去上海，到了友谊商店，一看碗没了，心就凉了，感觉像是漂亮的校花被校草牵走了。

第二年，香港苏富比拍卖会，这个碗——乾隆时期的珐琅彩黄地开光胭脂红山水纹碗——拍了792万元，是被日本人买走的。从3万到792万，短短半年之间。看到这个消息，我何止心凉了，连脚心都凉了。早知道是这个结局，当初借钱也得把它买下来啊。

又隔了九年，到了1997年，这个碗重新上拍。那时候日本经济下滑，把碗拿出来变点儿现。拍了多少钱呢？2147万元。几乎是他买进价的三倍。

今天如果再把这个碗拿出来拍卖，最低估价一个亿。一个亿啊，曾经就摆在我的面前，让我捧了无数遍，那么多次机会我都没有把握住。过去就没了，剩下的就是一个故事。

人生啊，不是所有的事情都能让你满意。你想每一步都踩中那个点儿，是不可能的。这些事我从来没讲过，今天为什么讲呢？为了让我们西安建筑科技大学的同学们高兴。听到别人一脚踩空的事，自己会很高兴。

我当年到香港去，看见一个金器，喜欢得不行。这个金器，是古人系在马脸上的装饰，叫"当卢"。打个比方，相当于今天那些豪车前面的车标，也叫 logo。纯金打造，上面镂刻的是花纹和神兽图案。要把这么大一块纯金扣在人脸上，挺狂的；但扣在马脸上，是周、秦、汉、唐时代的重要标志。

看到这个"当卢"是在香港的荷李活道。我说，这个东西我太喜欢了。他说，你喜欢不成了。我说，为什么？他说，我卖了。卖了你给我看什么呀？这不拿我开涮吗？我问，那人给钱了吗？他说，交了订金。这就没辙了。

隔了两年，我又去荷李活道，又遇到那个卖家，又说起那只"当卢"。他说，你买吗？当初那个人交了订金就再也没来。我的机会来了。我说，我能给你钱，但不能给当初他给的那么多。他说，凭什么便宜给你？我说，你去过菜市场吗？上午的菜就贵，放到下午就便宜，塌秧儿了嘛。

于是，我把价格拦腰砍了一半，答应当时就给钱。那人脑袋冲天想了想，仰天长叹道：可以……

这个纯金"当卢"现在收藏在观复博物馆。

人生就是这样，很多东西不一定是你争来的，是有命数的。如果我当年死追，也没准儿能追来，但花的代价太大。要相信缘分。我过去常借用古人的一句话说："过我眼，即我有。"我看到了，我就拥有了。知识、机遇，也都是无形的拥有。

生活中，每个人不如意的状态都是常态。所以古人总结，"人生不如意事，十之八九"。一提这话，我儿子就说："可我现在如意的事连一二也没有。"我说，那是你不够成熟。生活中应该有很多能让你满足的地方，你浑然不觉。你总是盯着不可能满足你的那些东西，怅然若失。

我们一定要用一种积极的心态去面对生活。古人说："群居不倚，独立不惧。"前半句的意思是，哪怕一屋子人，我也不倚靠谁，我自己能够生存，自己能够面对这个世界；后半句的意思是，屋子里就我一个人的时候，我也不害怕。这话是谁说的呢？苏轼说的。文豪就是文豪。

万物并作，吾以观复

我们的心灵很多时候需要慰藉，最好的慰藉方式莫过于读书。读书是一个习惯，可以系统地精读一本书，也可以快速地粗读。但是到底读什么书，我没法推荐。总有人让我开书单，要知道，没书的时候，什么书都是好书。

我小的时候总跑医院，因为父母在那儿工作。我在内科病房的消毒室里看到一本《内科学》，砖头那么厚，我当时觉得肯定没人要，夹在胳膊底下就带回家了。特别喜欢，没事儿就翻，直到今天我也对医学方面的知识很感兴趣。

读书是一个人就可以解决的慰藉心灵的方式。第二种方式就需要两个人了，叫作倾诉。倾诉有一定的风险，就是你对别人倾诉的话，有可能被公开，所以你要选择对的人倾诉，以及选择倾诉到什么程度。

当你憋着一件很不痛快的事，一旦说出去，心里就会舒畅很多。每个人都有这样的心理需求。女人比男人还好点儿，女人爱哭，哭一场就舒服了；而男人最大的问题就是内心比较"硬"，这也是文化问题。所有的男孩子请记住，如果有女孩子在你面前大哭一场就是喜欢你，不然她哭啥？

倾诉是个很好的途径，让你能够跟社会相容。从朋友的角度讲，倾听也是一种很重要的方式——帮助别人解脱。如果有朋友来找你倾诉，你要安慰他，一定不要让负面情绪叠加。比如他说"我最恨张三了"，你不能说"我比你还恨"。即便你真是这么想的，也要另找一个出口去宣泄。

第三种慰藉心灵的方式，就是撸猫。我从小喜欢动物，年轻的时候特别喜欢狗。现在我的精力不如狗，狗天天要出门，要跟你商量散步，受不了，所以就更喜欢猫了。

猫跟人的关系特别好，若即若离，它有独立的尊严。今天，全世界都存在心理问题，不分国度不分种族不分文化，所以宠物经济是一种全球经济。很多年前，中央电视台公布过一组数据：中国有5000万人养猫，5000万人养狗，总共1个亿，直接影响3亿人。今天这个数字更是大幅度增加。

很多工薪族，一个人在异地打工，家里有一只猫，回去能说说话，撸一撸。猫的毛发是我们人类不具备的，人的皮肤无论怎么肤如凝脂，也不如猫那一身毛，摸着很舒服。所以撸猫就成了一种社会现象。

这种现象是工业化革命以后才存在的。我们今天生活在工业革命的成果之下，再加上信息和智能革命。人类的文明走向又一次被改变，未来50年，我们在座的人都不能预测。所以，很多人都感到惶恐，我也惶恐。我们就希望做点儿什么，来解决一些自己的问题。

于是我们养猫。为什么养猫呢？猫的寿命一般在15～20年，你能看着它从生到死，见证一个完整的生命轮回。我们人类看不了自己的轮回，中国人的平均寿命现在不到80岁，你怎么看人家轮回呢？你还没看完人家呢，人家先看完你了。

现在的人工作压力大，学习压力大，所以自己得知道通过什么渠道来纾解。我到日本，看好多人排着队，一开始不明白，干吗呢？他们说，等着撸猫呢。这些人家里养不了猫，就趁节假日跑到"撸猫小屋"，花一些钱，进门撸45分钟。门口排着长队，出来一个进去一个，出来一个进去一个。日本人守时，到点儿准出来。它是一种文化。

我们既要对这个世界负责，也希望能在世界上找到关爱。不管是人与人之间还是人与动物之间，都应表达这种关爱。所以今天全世界都在探讨动物福利，它表明人类作为最高级的物种，对所有弱小动物都应施以关爱。什么是弱小动物？大象是，老虎也是。我本人是"野生救援公益大使"，最著名的口号是"没有买卖就没有杀害"。

我们每个人都要肩负起社会责任。作为这个地球上"貌似的主宰"——其实随时可能被自然干掉——我们要关爱同类，关爱他类。一般人家养宠物，都没有姓，黄狗就叫"黄黄"，黑狗就叫"黑黑"。我们观复博物馆的猫都是有名有姓的。观复博物馆的猫都是我们救助的流浪猫，我们一直提倡大家"用领养代替购买，让生命不再流浪"。

看起来是我们在救助猫，实际上是猫在救助我们。我不是在劝大家都去养猫，只是通过养猫这件事，来说明人类所处的环境，来说明当我们的生活压力越来越大的时候，要知道排遣的方法。养猫、撸猫只是我举的例子，养狗也行，养鱼也行，养老鼠也行，就是猫不太高兴。

当我们知道自己的人生是怎么回事儿的时候，往往已经走过了一半。

1999 年，我在潘家园的地摊上捡了一张照片，照片上有八九位"辛亥革命"前后的中国人。他们有的站，有的坐，有的蹲，姿态不同，彼此间隔不一。相同的是，他们的目光都非常坚毅。这些人，给笔就能写文章，给枪就能上战场。他们是一百年前的中国人。通过这样一张照片，可以想见当时的中国人是怎样一种精神状态。

于是我请了一位画家，严格按照这张照片的样子，画了一幅油画，并且把照片中一个站立的人换成了我。画我的时候，他参照的是 1998 年的一张照片，那年我 43 岁，比现在瘦，满脸胶原蛋白。在这幅油画中，原来照片里的人穿着冬装，我穿着夏装；原来照片里的人是黑白的，我是彩色的。我给这幅油画起了一个名字——《我与古人真诚地站在你们面前》。

一百年前，中国人的精神面貌，我们通过一张照片就可以知道；我们这一代人，留给一百年后的中国人的，又是怎样一个精神面貌呢？所以，你们也可以邀上三五同学知己，去照这样一张"松散"的照片。自己选择姿势，彼此不要靠得那么紧。这张照片在你一生中都会非常重要。

李白说："夫天地者，万物之逆旅也；光阴者，百代之过客也。"又说："生者为过客，死者为归人。"我们是一代一代的过客，历史是一场巨大的轮回。我做的博物馆叫观复博物馆，"观复"二字取自老子《道德经》第十六章，"万物并作，吾以观复"。他是站在宇宙空间的一个视角。万物指什么呢？所有的事物，不管是人、动物还是植物，都在成长和变化，这是一个不可逆反的规律。我们每个人从生下来的那一天，就奔向你的终极目标——死亡。而我看着万物轮回。

人生百年，转瞬即逝。最终，当你驾鹤西归之时，总得回头看看。这一生虽然有遗憾，但是无悔；虽然有不足，但是无愧；虽然有缺失，但是无碍；虽然千言万语道不尽，但是喜怒哀乐尽一生。这就足矣！

2019 年 12 月　西安建筑科技大学

我与古人真诚地站在你们面前

扫一扫，听我讲
《我的斜杠青春》

我的斜杠青春

五十年前，我十七岁，正值青春年华。

那时的十七岁跟今天的十七岁完全不一样。今天的年轻人了解太多信息，听得见潮起潮落——大千世界的声音，看得见风起云涌——复杂多变的社会，如陆游所说"此身恰似弄潮儿，曾过了千重浪"。我们那个时候却对外界知之甚少。

我十七岁那一年，如痴如醉地读书。当时的书很少，所以逮到什么书就读什么书。我读过曹雪芹的《红楼梦》，读过赫胥黎的《天演论》，读过托尔斯泰的《战争与和平》，读过专业的医学书《内科学》，还读过许多没有封面的藏书。

一本几十万字的书一口气读完，在我年轻的时候是家常便饭。读书这件事，只有当时苦，日后才能甜。

十八岁，我去农村生活，知晓了农民的艰辛。早出晚归，面朝黄土背朝天，那些日子正是我读书的最好时光。我读过农民准备用作糊墙纸的书，书虽破仍乐此不疲，文不全却开卷有益。

二十岁，我进了工厂，当了工人，感受到工人的不易。不仅要学习本事，努力工作，还要养家糊口，期盼未来的美好生活。

二十六岁，我写小说，上天垂青，小说很快就发表了，一夜成名。那时候出版社缺人手，我又幸运地当上了文学编辑，那些日子废寝忘食，乐此不疲。

十年的文学生涯，让我结识了中国新时期最有名的作家，让我知道了山外有山，天外有天，让我感到波澜壮阔的时代正向我们涌来。我们这一代是幸运的，1950年生人，那时战争刚刚结束，新中国百废待兴。我们的人生曲线与国家发展的曲线高度吻合，一直向上向前，年少时吃点苦受点累都能承受。年轻时正值改革开放，我们年富力强，恰与时代的发展匹配，一步不落地跟上了前进的潮流。

　　这些都是因为年轻，青春太美好了，让一切都成为可能。我自己的青春从来没有认真回忆过，今天回想起来难免有点激动，甚至不知道如何表达。有一支歌里唱："一代人终将老去，但总有人正年轻。"当青春逝去，回忆起来一定是一首歌。

　　那么正值青春的年轻人，怎样才能唱好属于自己的歌呢？

　　青春需要去听，通过自己的双耳去粗取精，知道纷杂喧嚣中既有赏心之曲，也有乱耳杂音，懂得这一点才能做到兼听则明。所以古人说"聪者听于无声"。

　　青春需要去看，透过自己的双眼去伪存真，了解所处时代日新月异的变化，在明暗中洞察，在新旧间预测，做到凡事多想一步。所以古人说"明者见于无形"。

　　青春更需要去想，人工智能再高深也是人制造出来的，是人类的法宝。论体力，我们不如走兽；论眼界，我们不如禽鸟，但我们仍是万物之灵长，因为我们具有思想。所以古人说"居安思危，思则有备，有备无患"。

　　身处这样一个时代，赶上人类有史以来最强的科技大革命，青春有如此机遇，真是你们的幸运，让未来充满了幻想，让今天聚集了能量。信息加智能的叠加革命来势汹汹，谁也没有能力预测未来。那么机会来了，每一个今天的年轻人，你们要把握住这次大好机会，将自己的青春谱写成一首歌，一首实现人类梦想的歌。

唐代诗人杜牧有首小诗说："青春留不住，白发自然生。"我年轻时读此句没有多大感觉，到了花甲之年，才明白杜牧说得是真好。自然规律与谁都一样，光阴似箭，日月如梭，走过来的人都知道，多难熬的日子也如白驹过隙，转瞬即逝。年轻人还有什么理由不珍惜青春？

我三十八岁时，动了做观复博物馆的念头，至今已有三十年。眼看着国家日渐兴旺，百姓对文化的需求日趋增长，博物馆和文物成为今天社会的热点，打卡博物馆成为年轻人的时尚。一个常看博物馆的人一定受其恩泽，让人生充实而丰满，让思想深邃而多致。我们的先贤为我们留下了无尽的宝藏，一直等待后人去发掘。

有人说我很成功，每一步都踩在点儿上，每一道斜杠都有成就，其实我跟你们都一样，人生每一个阶段都有不同的困惑，都有不同的迷乱。如今我已年近古稀，想做的事情还有很多，永远也做不完。你们别看我老劝年轻人少熬夜，多看书，其实我也熬夜，这是早年读书看稿养成的习惯。我也刷视频，从视频中看人生百态，体会社会炎凉。如有可能，我愿意尽其所有，只换十年的时光。

　　时间宝贵，青春无价，我的青春已逝，而你们的青春正值灿烂。

　　有人认为自己太渺小，怎么才能在社会上立足、参与社会竞争呢？司马迁在《史记》中记载了一个故事：老子出函谷关时，被关令尹喜拦住，请求他在隐居之前，为世人写本书，于是老子写下了《道德经》。可以说，如果没有尹喜的主动请求，可能就没有《道德经》的问世。

　　尹喜还说过一句特别有意思的话："一蜂至微，亦能游观乎天地；一虾至微，亦能放肆乎大海。"一只野蜂再小，也能自在地俯瞰大地；一只小虾再弱，也能尽情地遨游大海。

　　这句两千五百年前的名人名言，可以与今天的年轻人共赏，与青春共勉。

　　　　　　2022 年 1 月　小央视频《@青春，2022》

唐代诗人杜牧有首小诗说："青春留不住，白发自然生。"我年轻时读此句没有多大感觉，到了花甲之年，才明白杜牧说得是真好。自然规律与谁都一样，光阴似箭，日月如梭，走过来的人都知道，多难熬的日子也如白驹过隙，转瞬即逝。年轻人还有什么理由不珍惜青春？

中国人的文化怀念

　　清明这个节日，对我们每个中国人都非常重要，使我们有一个机会来怀念故去的亲人。

　　我的父亲离开我已经十年了，我经常想起他。有时候为一点小事，会坐在那儿，想他半天。我父亲是个军人，我从小在军营长大，在他身上学到了很多军人的坚毅。他是一个非常乐观、非常达观的人。我不记得他有什么畏难情绪，什么时候都非常高兴，能够自己去解释自己的人生。他曾经跟我讲，他说在战争期间，有一发炮弹打在他前面，不幸的是，落在他一个战友的身上。如果落在他身上，就不会有我了。这是他对战争死亡的一个简单的解释。

他这种对待生命的乐观精神，一直延续到他生命的最后一刻。他去世的时候只有七十二岁，身体非常好，但不幸罹患癌症，很快就去世了。他最后的日子，我非常忙，看他的机会并不多，所以很多话没来得及跟他说完。每年清明的时候，我都会为他扫墓，心里会默默地说一些话。

提起父亲，我想不出什么惊天动地的大事。我曾经在他十年祭的时候，写过一篇文章来怀念他。我说想起他，最初的记忆是很小的事情。我小的时候我父亲带着我和弟弟、妹妹三个人，在我母亲不在身边的情况下，一起去了东北干校。全家的行李只有两个小箱子。

我们刚去东北的时候，生活很艰苦。那个时候我们是吃食堂，吃不饱。父亲就对我们三个人说："我给你们弄点吃的。"他就拿着一口锅，带着我们到了一个大仓库。这口锅是从北京带去的，因为行李很小，就把锅把卸下来了，用的时候临时再把锅把安上。

当时，我们兄妹三人拾劈柴，我爹从大衣兜里掏出两把黄豆，给我们炒黄豆。黄豆是很难炒熟的，需要小火慢慢炒。那年我十四岁，我弟弟十三岁，我妹妹十二岁，我们三个人围着父亲和火炉，看着那个火苗映红了他的脸，闻着黄豆渐渐散发出来的清香。父亲跟我说这事不能急，一会儿就熟了。

由于锅把儿是临时安上去的，当他把这锅黄豆端出来的时候，锅就迅速转了一百八十度，黄豆全部倒进了火中。火苗子腾起很高，印象中我看见了我爹的脸，他非常愧疚。我们心里的难受，我们自己可以描述出来。我爹心里的难受，我是没法向大家交代的，我无法描述。我想我爹当时内心的难受，一定超过我们对食物的渴望的那种难受。但我们这代人都是从那种艰难困苦的环境中走过来的，所以每当我看见餐桌上剩下众多的食物时，都会深深内疚。我从内心里反对这种浪费，每次都有一种负罪感。这些都是源于那个时代我们所受的教育。

我父亲走了十年，他是我最亲的人，但是没有机会再跟他交流。我想从战争年代走入和平年代的人，他们对生活、对生命的理解，显然比我们深刻；我们没有经历过战争年代，对生命的理解都过于矫情，不如他们真切。但是他们非常乐观。

我父亲有些口吃，说话老结巴，尤其见着生人。按我母亲的话说，就是他生怕别人不知道他是个结巴，一见生人先结巴两句，告诉人家他是结巴。但是我又听过他做报告，下面的人比今天会场的人多，从头到尾两个小时的报告，他不会结巴。他最乐意的事就是教别人如何克服结巴，如何说话不口吃。他说这是有技巧的。我有一次推开家门，看见邻居的两个孩子跟我父亲一块在克服结巴，其乐融融。我们在怀念亲人的时候，都是这种小事，想不出什么惊天动地的大事。

十年很快就过去了，我们每个人都会走到自己生命的终点。所以，我们在活着的时候，在我们的生命有质量的时候，在我们的生命可以为他人服务的时候，我们应该燃放自己生命的光辉。这对我们的人生是最重要的。

清明节已经成为国家的法定节日，说明国家对这个节日的重视。我们的文化给了我们一个抒发情感的机会，我们的文化有如此的魅力。中国曾经是世界最强国，如果有一天，我们的国家再度成为世界最强国，依赖的一定是这个文化，而不是其他。

2009 年 CCTV-3《艺术人生》

父亲在家中读报

父亲去世的时候，我才对生死有了切肤的感受。我轻易不落泪，那天捧着父亲的骨灰盒双泪长流。人生唯有一死真真切切，后辈既无法挽留，也无法给予补偿，只能抚膺长叹，体会生死离别之痛。

闲谈生死，从容话别

生死是一个巨大的问题，是人类的终极问题。我曾经说过，我们的父辈经历过战争，他们谈生死是体验，没经历过的人谈生死就有点儿矫情。我们现在谈的生死，理论上讲，跟父辈人谈的生死不是一个概念。我们今天谈的生死是个自然现象，但父辈人，尤其是军人们谈的生死，是个社会现象。

社会现象的生死比自然现象的生死更为残酷，因为它随时可能降临。父辈那一代人的生死，自个儿都很清楚。有多少人跟他一块儿走出来参加革命，革命成功时有多少人还活着，数字一目了然。

我爹从家乡出来的时候，一共三十九个人，最后剩下了一个半。一个是我爹，半个是怎么回事儿呢？我爹的一个战友，在战斗中负伤致残。我爹也负过伤，脸上还有刀疤，是跟日本人拼刺刀落下的。我爹是抗日战争后期才参加的革命，所以他打过的最残酷的战争是解放战争：孟良崮战役、济南战役、淮海战役、渡江战役、上海战役，一路打进上海，阵亡的概率很高。

对于生死，他们那一代人给了我们很大的启示。而我们这代人，按照过去的说法，叫"生在新中国，长在红旗下"。虽然年轻的时候吃过点儿苦，受过点儿罪，但都能承受。后来随着国家的腾飞富裕，我们也和国家的发展曲线保持着一致，算是新中国的既得利益者。我们有过苦难，所以对幸福有特别强的感受。

寿者叶惠方

按照联合国的标准，我也已经步入了老年时代。我在六十岁生日那天什么也没干，专门去看望了九十九岁的叶惠方大夫。

我是在 301 医院生的，接生的正是叶惠方大夫。

我父母都是军人，1954 年初，他们在上海结婚，1954年底奉命进京。1955 年 3 月，我在 301 医院出生。所以我老开玩笑说我是在上海诞生，在北京出生。我母亲受孕的那天算我诞生，但我的出生地在北京。

找到叶惠方大夫是一个偶然的机缘。一位 301 医院妇产科的医生找我聊天，我问她能不能查到我出生时的档案，把我妈的名字告诉了她。她很快就查到了，档案记录得很清楚：我妈什么时候阵痛，什么时候分娩，我体重七斤二两，身长五十厘米……最后是叶惠方大夫的签名。

病历干净齐整，据说这沿袭了协和医院的传统。最早 301 医院是从协和医院分出来的，叫"协和分院"，各科室的尖子实行"两丁抽一"——总院分院各留一个。叶惠方大夫曾是林巧稚的高徒。林巧稚大夫留在了协和，她则来到了 301，为我接生那年她三十九岁。

我很好奇叶惠方大夫是否还健在，得到肯定的答复。那时我五十多岁，就许了个愿：如果我六十岁生日的时候，叶惠方大夫仍然健在，我要去看她。所以到我整整六十岁那天，我说谁也不要请我，我也不请你们，我今天谁都不见，我要去见我的"接生婆"！

那天我买了一束鲜花，带了两本自己的书——书的扉页上郑重写着"感谢叶惠方大夫，六十年前为我接生"——按照约定时间叩响了叶惠方大夫的家门。彼时彼刻，心中之忐忑之惶恐只有我自己知道。

老太太笑容满面地接待了我。老太太那时候已经99岁，就算100岁吧，声音洪亮，目光清澈，思维清晰，一点儿不像百岁老人。3月下旬的北京，室内还比较凉，她好像丝毫不介意，赤脚穿一双老旧的塑料拖鞋。

叶惠方大夫在中国妇产科界是权威，对待生死她有自己的一套认知。她看得比较开，学医的人很清楚自然规律，到一定时候，寿命就会终结。顺其自然，不折腾自己，也不浪费资源。临近百岁，她的身体逐渐衰弱，但她特别得意的是自己在人生的最后阶段，没有太多病痛，身上没打过针，没扎过眼。

那天我们畅谈两小时。临别时，叶惠方大夫执意送我到电梯口，欢迎我有空再来。她老人家是我来到这世界上第一位看见我的人，比我母亲还早。谁能想到六十年后我会捧着鲜花去看望她？缘分之神奇，如梦如幻。

两年后的一天夜里，叶惠方大夫仙逝，以一百零一岁的高龄驾鹤西归。在生命的最后几天，她静静地在家等待，不治疗，不抢救，不占用医疗资源。当天上午，301医院的领导去家里看她，要给她安排在家输液，也被她拒绝，说自己已有准备。据她女儿讲，老人家最后只吃了一片止痛片。

我听到叶惠方大夫去世的消息时并不在北京。清晨打开手机，获知这一消息。我之前所有的文章都是在自己的稿纸上写的，这次没办法，跟宾馆服务员要了七八页稿纸，写了一篇悼文，第二天让助手录入发表出来。悼文的题目我当时写的是《寿者叶惠方》。"寿者"，就是长寿之人的意思。我觉得她是一个活过百岁且能过明白的人。

五十岁以后，我特别愿意跟岁数大的人聊天，听听人家怎么看待生死。人活七十已是古来稀见，寿过百年更是凤毛麟角。叶惠方大夫精彩一生，善终之际身清体净，心无挂碍。她给我们做了一个很好的示范。我希望自己在晚年也能跨越生死这一关，心无挂碍地面对——已经来了一生，什么时候走都是合适的。

父亲的背影

人生在世，来去匆匆。

父亲一向身体比我还好，突然罹患癌症，七十二岁的时候匆匆离世。那时我四十多岁，内心有很长时间都不能接受这件事，感觉特别悲哀。这么好的日子，哪怕父亲再多活十年呢？他走了二十年后，我还老梦见他。

　　每年去给父亲扫墓的时候，我都会前后左右去看看邻近的墓碑，发现这个墓地里比我爹活得长的人并不多。二十年前，就是他去世的那个年代，人的平均寿命就是七十冒点头，我爹算是刚好达标，没占便宜也没拖后腿。我总是开玩笑说，一旦活过了平均寿命就等于开始占别人的便宜，因为很多人没活到这个岁数就走了。

　　古人描述光阴，说"岁月如白驹过隙，转瞬即逝"，年轻时没这感觉，现在开始有感触了。随便回想一件事，就是十年八年前。二三十年前的青春岁月，五十多年前的孩童时期，历历在目，清楚至极。

　　我小时候有个时间概念，总觉得"八年"是特别长的一段时间，当时的社会环境灌输给我们两件事：一个是"八年抗战"，很艰难，很漫长；另一个是《智取威虎山》里小常宝的经典唱段："八年前，风雪夜，大祸从天降……"现在呢，别说一个八年了，俩八年加一起也没多长。从今往前，二八一十六，也就是2003年"非典"那年而已。

　　人到了一定岁数的时候往回一看，就觉得日子过得太快了，怎么一转眼就老了呢？怎么一转眼年轻时那些事儿全成云烟了呢？我努力从主观上接受老去这件事儿，从而能够正确地对待生死。

　　我不怕死，因为我爹就不怕死。他确诊患癌以后，跟医生谈过话。后来医生告诉我，他治了几十年的癌症，患者能直接面对他还能跟他谈生死的，这辈子只碰见过俩，其中一个就是我爹。大部分人都回避死亡，害怕死亡。每个住院的行将就木的人，最后一句话老问医生说我什么时候能出院呢？像我爹根本就不想这事儿，根本不抱这样的幻想。

　　二十年前，中国乃至全世界的外科手术水准都远远达不到今天的程度。我爹的癌细胞长在人体腹腔的主动脉上，以今天的技术，剥离应该没那么难，把主动脉掐折，做体外的血液循环就可以了。当时条件不行，怕手术时大出血，人下不了手术台，医生打开腹腔看了一眼就缝合了，没做摘除手术。

　　我问医生：“我怎么跟我爹说呀？”医生教我：“你就说已经摘了。”我爹醒过来问手术怎么样，我说都摘了，挺好的。我爹什么都没说，第二天开始主动下床，他知道腹部手术要防止粘连，就得早下床。大概半个多月后，我爹把我叫到床边跟我说：“我这个瘤子没摘。”我坚持说：“摘了。”我爹说：“这事儿你瞒不了我。我醒后第一件事就是摸引流管，一摸没有，我就知道没摘。”

他在医院工作过很多年，原来是空军总医院的政委，管政治，但医术也懂一些。他知道这么大的手术做完了不可能没有引流管。我一下就哑巴了。他说："你没有必要继续骗了。"然后我爹说，他自个儿想通了。那一刻我受到极大的震撼。过去十几天，我爹不是不知道真相，他在自己慢慢地消化，不需要跟任何人讨论，自己在病床上想通了，才来跟我说。

他的病情恶化得很快，后期就比较受罪了，无法进食，靠打营养液维持生命，看着他就觉得很痛苦。他对我说："不光是疼，还非常难受，说不出来的难受。我不太想治疗了，再治疗下去，会拖累你们所有人，最后皮包骨的样子也很难看。"

我是长子，以前也跟父亲谈过生死的问题。父亲告诉我，他决定放弃治疗。我说："我去跟医生谈。"我问医生：如果插管子治疗，他能活多久？如果把管子都拔了，不做任何治疗，他能活多久？医生的答复是：插管子能活半年到八个月，拔了也就十天半个月。我说那就不治了，拔了吧。拔了管子以后就四天，我爹与世长辞。太快了。

尽管我心里很痛，特别痛，但是我想，如果再坚持八个月，我爹就要继续忍受巨大的痛苦，最后的结果也一定是虚弱异常，完全脱相。他在医院工作过，很清楚该如何走过生命的最后一程，你骗不了他，他也不抱幻想。我父亲他们那代人毕竟是从枪林弹雨中闯出来的，他们对生死跟我们对生死的态度根本就是两样，所以我在他们那一代人身上看到这些，还是很受教育的。

延长寿命是好，永生却是无趣

科技水平发达了，生活水平提高了，我们这代人或许能比父辈多活几十年。但是最终，还是要面对生死。永生是不可能的。如果实现了永生，则有悖于生命的宗旨，人类建立的所有文明都会归零。因为所有的文明，都建立在人类生命不断更迭的基础之上。

从文艺复兴开始，至少五百年，所有科技的进步，没能使人类的寿命延长一分钟。当下人类寿命的延长是平均寿命的延长，不是绝对寿命的延长。

现今世界上活得最长的人，寿命在一百一十五岁到一百一十六岁之间。中国历史上就有人活到过这个岁数，比如唐代的孙思邈。关于他的岁数，古文献中有六个记载，最低的过百岁，最高的好像是一百九十六岁，我认为这个肯定是不准确的。但是孙思邈寿长过百是事实，大部分人认为他活到了一百二十岁左右。孙思邈生活的时代距今一千三百年。今天，如果有一个人的绝对寿命能达到一百五十岁，证明人类的寿命在延长，实际上并没有。

现在所有医学的进步都是外科手术和检查方面的。体检能把你身上大大小小的问题发现个遍，但是内科技术的发展十分有限，我小时候知道的"不治之症"如今还是不治之症。

癌症，不管治愈率多高，仍然没有一个医生敢向你保证，你这癌症肯定能治好。甭说这种绝症，就说一般性的病，比如高血压、糖尿病，或者类风湿这种免疫系统的病，只要得上，一辈子都得吃药。一旦停药，症状就会复发。所以这不叫治病，叫控制病。

今天的医疗技术，控制病的能力特别强，很多濒死的人因此延长了几年生命，但这并不等于延长了他的寿命。延长的这几年生命也未必有质量。倒是麻醉药，我认为是近代医学最伟大的一项发明，"二战"以后越来越多地应用于临床手术，每个人都有可能深受其益，因此而享有尊严。

我当然希望预言家们说的永生可以实现，但我认为不可能。如果反过来谈，假设它有一天真的实现了，世界会变成什么样呢？

首先，整个人类的生存状态都被颠覆了。人类还需要学习吗？我们原本生下来就开始学习，只有一件事不用学习，就是喝妈妈的奶，张嘴就会。剩下的全是学来的。

在学习的过程中，人依赖两个因素生存，第一是学来的知识，第二是积累的经验。如果人是永生的，就不需要知识和经验。科技既然能让我们永生，科技也能帮我们学习。脑子里植入一个芯片，什么都会了，什么都不用学。

那么，当人类完全依赖于科技形成永生局面的时候，第一个要考虑的问题就是普惠，即每个人都可以永生。如果只有十分之一的人能永生，整个世界的伦理道德就彻底崩盘了。道德之所以能起作用，是因为它建立在生命公平的基础上。如果生命不公平，凭什么你是十分之一，而我是十分之九？道德没了，法制也没了，道德是法制的根本。

再者，假设永生真能实现，人就活成机器了。不需要学习知识，不需要积累经验，不需要喜怒哀乐的情绪和冷热的感知。人与人之不同，是知识不同、经验不同、所处环境不同的总和……所有的不同构成了大千世界。如果天冷了，在身上调一个钮就不冷了，心里难过，调一个钮就不难过了，那活不活的，大家也都没什么差别，这就没劲了。

生者为过客，死者为归人

　　我曾经为一本书写过序，这本书叫《从容的告别》。我给书作序是上瘾的。我觉得给一本书作序要好好了解这本书，而且能够提纲挈领地把书中的精髓提炼出来，作一篇很精彩的序是有助于读者阅读的。

　　《从容的告别》这本书是中国人民大学出版社出版的，我跟编辑并不认得，什么关系都没有。他听说我能写序，就跟我联系，我说你把书稿拿来我先看看。

　　书的作者是个澳大利亚人，一位重症监护和临终关怀领域的专家，对生老病死之事想得很明白。《从容的告别》，书名很文学化，但副标题就很科学，叫"如何面对终将到来的衰老与死亡"。大部分人都不愿意看这种书，一看封面就抵触害怕。实际上，你大可将其视为生命教育的读本，书如其名，写得温暖从容，教人重新认识衰老和死亡，并学会如何优雅地谢幕：告别世界，告别亲友，告别自己……

　　每个人都应该趁着年轻，趁着离死亡还远的时候，读一读这类书。否则，在某种意义上真是错失良机。生命既是一个科学课题，又是一个哲学命题，文学对此多有描述，构成世间百态。

我过去做过文学编辑。广义上讲，所有的文学作品都是在探讨生命，无非是直接间接罢了。我们每一个人对生死都充满了疑惑。生命的界限究竟在哪里？何为生，何为死，何为生死？

一般笃信宗教的人，不管你信的是哪个宗教，对于死亡问题相对比较宽松，内心比较安定，宗教会替你解决精神层面上面对死亡的问题。大部分中国人没有宗教信仰，但不代表没有信仰。没有宗教信仰的人会有文化信仰，比如我觉得自己就有文化信仰。

在生命轮回中，不管是笃信宗教者还是无神论者，每个人面临的问题都一样，无非是生老病死。除了"生"这一项不由自己把控，其余三项或多或少都与自身相关。"老"是人生过程，风雨雷电与风花雪月是路途中看到的景态；"病"是人生感受，感受疼痛与难过，才知道平常状态的幸福；再有就是"死"。

我说过一句话："人生的科学终点是你死了，但它是哲学的起点。"我还说过一句话："死是人生的科学终点、哲学起点，是文学中最重要的一点。"孔子曰："未知生，焉知死？"活着要明白道理，方可充分理解死亡。在死亡面前，一切都归于零；在疾病面前，什么都打对折。谁大病一场若能逃离死亡，都会感慨万千，说一些被讲滥了的道理，讲一番重新审视人生的誓言。但如果不是从内心解决问题，用不了多久，一切照旧。

生死之间很微妙，人在大限将至之际，都知道最重要的是身体，最值钱的是时间。个人的时间即是生命，对每个人都极其公平。权力金钱这等社会能量，到了生命面前立刻苍白无力，很多时候甚至可悲。

我认识王世襄先生的时候，他七十岁，我二十九岁，他比我大四十一岁，在过去要算隔代人。他说过一句话，当时我不是很懂。他说："你那日子按年过，我这日子按天过。"

我二十九岁的时候喜欢跟老头儿聊天。他们总有很多东西要写，想把这辈子的经历和体会都变成文字。人过七十，谁也不知道后头能活多久，所以他有紧迫感。这种紧迫感，现在我也有了。我有时候跟年轻人说："你那日子按年过，我这日子按月过。"我还没到按天过的时候。

在那篇序里，我写了自己对生命的认知。最后我说："我们必须有勇气面对死亡，必须理智地探讨而不去回避这一话题、课题、命题。"古人说得好："虽死之日，犹生之年。"
意思是死了就重新活一遍。过去中国人不是常说"三十年后
又是一条好汉"。这就需要境界，需要冷静，需要懂得并践
行已知的道理。

过去有一种说法叫"说破无毒"，意思是什么事都得说
破，一旦说开就没事了；你越回避，就越被阴影缠绕着。比
如你怕死，你老探讨死亡，慢慢地就不怕了；如果天天躲着，
一碰这个话题就跑，那些个"毒性"全压抑在你身子里，是
释放不掉的。

别的心结也一样，不一定是死亡。比如说最简单的小结，
有人借了你的钱没还，但借钱的人给忘了，如果你有办法跟
别人说出去，也许这话会传到那个借钱的人耳朵里，人家一
想，哎哟我忘了赶紧还钱去，这事就没了。很多事憋着容易
郁闷，郁闷容易生病，说破就好了。

我没有想象过自己的死亡，只是觉得活过人均寿命就值
了。过了这个岁数，就进入了人生最后的阶段。当然，最好
的状态就是毫不知情，毫无挂碍，猝然而去。

我有一个比我岁数大的朋友，一天到晚都特高兴，喜欢
弄点儿古董。有一天吃完晚饭，他出去散步，快到家的时候

坐在马路牙子上喘口气，突然就走了。既没有预感也不知难受，一瞬间人就没了，也没什么可怕的。

我姥爷是在睡梦中走的，这就更好。他晚年的时候干巴瘦，有钱难买老来瘦，他就那么瘦。走之前两三个月做了一个全面体检，啥毛病都没有。有天中午他跟我妈说心里热，想吃个冰激凌，我妈给他吃了一个。那个冰激凌大概是小，他觉得不过瘾，说再来一个，我妈又给他一个。

下午两三点钟，老头儿自己躺在床上睡午觉，五点多钟气就没了。我姥爷真是"好死"，没受什么罪，最后还吃俩冰激凌。我觉得这就已经很好了。

"生者为过客，死者为归人。"唐代诗人李白在一千三百年前，就写下这样的诗句，今天听来依旧振聋发聩、醍醐灌顶。实际上李白除了浪漫主义情怀以外，他对生死的认知也比我们强。如果李白没有很好的对生死的认知，我觉得他写不出这么好的诗句来。何为格局？不畏死，就是最大的格局。

　　　　　　　　　2018 年 8 月　中国医学人文大会

《背影 2》

　　文章千古事，对于死者，是一种怀念，更是一份感激；感激有缘的过往，人海茫茫，有擦肩回眸之刻，已是上天垂青了，况萍水胶漆乎；对于生者，有一些启示，多一些劝慰。

学思知行

　　我从来没被别人命题讲过课，今天来到史家讲堂是被命题讲课。不知道能不能满足大家的需要，我会尽可能把课讲好。我对学校的全部记忆都是在小学，因为我小学四年级就离开了学校，再也没有机会回到学校。

　　我们到学校上学，首先的一个问题就是"求师"。古人说："经师易求，人师难得。"找一位有知识的老师不是太难，但是找在教授你知识的同时又能教授你做人的标准的老师，非常非常难。过去的皇帝都有"帝师"，帝师教皇帝的第一个标准，就是道德水准。

　　联合国教科文组织对人是否成才，有四个标准。这四个

标准非常简单：第一，学会做人；第二，学会做事；第三，
学会相处；第四，学会学习。

　　成人的第一标准是学会做人。古人说"从善如登，从
恶如崩"。人做善事，培养善行很难；但是做恶事坏事，
就是一瞬间的事。古人又说："勿以恶小而为之，勿以善
小而不为。"一件小事，不管是善是恶，你应该自己内心
清楚。很多事情，无须问别人，只需问自己的内心，所谓
"问心无愧"。如果一个人不能通过自己的内心认识自己，
那他的一生一定不幸福。

　　我们过去有一个极为强大的道德体系，社会秩序靠道
德维系。一般情况下，很多问题到道德这一关就可以得到
解决。虽然至少在汉代的时候，中国的法律已经相对比较
健全了，但是，很多情况下是起到一个震慑的作用。过去
识字的人是少数，大量的人不识字，全靠言传身教，把道
德传递下去，使我们这样一个人口众多的国家，长期处在
一种和谐之下。

　　知识多少和道德高低之间没有必然的关系。不是说知识
掌握得越多，道德水准就越高。一般人会认为知识程度越低
的人道德水准越低下，其实不是这样。满腹经纶的研究生会
杀人，一字不识的农妇也会成为道德楷模。如果你不懂得这

一点，肯定有时候会觉得茫然。学会做人，是立身之本。

第二点，学会做事。学会做事，首先要学会坚持。坚持很重要。古人说："学如牛毛，成如麟角。"学本事的人很多，但能学出来的，很少。不管学什么，也许你成不了大师，但只要你坚持下去，一定会超出常人。

很多人毕业工作以后，发现工作和所学专业不对口，在学校学到的知识，至少有一半用不上，这是必然的。但还是要坚持，就像盖房子，少一块砖可能没问题，但如果每一块砖都没有，这楼是盖不起来的。

虽然我自己没受过传统正规的教育，但我希望每个人都能接受严谨正规的教育。在这个过程中，你不仅可以学会知识，最重要的是学会做事的标准。就说一件小事——倒水。把壶里的水倒在杯子里，不能洒得到处都是，这就是一个简单的做事的标准。不要觉得这很容易，就有人倒得乱七八糟。我自己最喜欢的两个茶杯，就是让给我倒水的人�了。

古人最爱写的就是"慎始"，做什么事情都要考虑清楚再开始，不要急。老子就说过："慎终如始，则无败事。"人年轻的时候都急，年轻气盛，别人一撺掇，就鲁莽行事，结果全是雷。"慎始"以后，一定要"慎终"，始终如一，不要虎头蛇尾。

古人还喜欢说的一个词叫"慎独"。做事不是给别人看的，是为自己。一个人独处的时候，你是否还能坚守自己的信念，这一点也非常重要。当别人面是"雷锋"容易，背后也是却很难。我们每个人都需要问自己：独处的时候能不能仍然保持本来面目？

第三点是学会相处。在今天这个社会上，身怀绝技的人很多，但能不能与人和谐相处，是决定你在这个社会上能否生存的一个前提。

每个人都有自己的个性，有些人相处起来非常困难。不管和什么人相处，前提是尊重别人。我不停地强调：要尊重别人，承认别人有些地方比自己强。中国人常会自认为很强，愿意揭别人的短，这是我们的文化决定的。

古人怎么说的呢？"记人之善，忘人之过。"我们很难做到"忘人之过"，总是揪住别人的错误不放。我们家长也是这样。家长切忌总对孩子说他过去的过错，只要他改了，最好不要再提及。就算偶尔提及，也一定说"改了就好"。

孟子说："物之不齐，物之情也。"事物千差万别，才是自然的客观现实。与人相处，要宽容。"水至清则无鱼，人至察则无徒。"我们不能要求所有人都一样，尤其不能要求别人按照自己的意愿去做事，这是社会和谐的一个必要保证。如果与人相处这关能过，在社会上生存就会变得自如。

最后一点是学会学习。你在学校掌握再多的知识，也不可能在社会上全部应用，更不可能够用。所以学会学习的方法很重要，甚至比知识本身重要。"授人以鱼不如授人以渔。"比如，九年义务教育教孩子们认了 3000 多个字，但更重要的是教会他们认字的方法——查字典。以后再遇到不认识的字，字典都可以帮他们解决。当你走向社会，无论你已经学会了多少知识，永远会处在一个不断学习的状态下，学会学习至关重要。

我一直说，道理永远比事实真相重要。讲历史讲高兴的时候，我就会说，你们不要听我在这喋喋不休，讲了这么多历史，其实我也是看来的、听来的，真相我并不知道。我们做事实际上是在寻求一个道理，当你知道这个道理的时候，事情就会变得简单。

古人说："少儿好学，如日出之阳。"我现在能随口而出的所有唐诗宋词，都是年轻的时候背的。要是现在背，转身就忘了。年轻的时候一定要多背，背诵是非常重要的一件事。古人说读书的三个阶段，"诵读"阶段就是这个意思。即便当时不懂也没关系，先背下来，将来自然会懂。

我儿子小时候去国外念书，我怕他丢了中国的文化，就对他说："无论如何，你床头要放一本唐诗，放一本宋词。"其他的事我不要求他，但中国传统文化这一点修养是一定要有的。我们的文字博大精深。联合国六种官方语言的文件中，中文的永远是最薄的。为什么？我们文字的表现力最强，让孩子多读书，读好书，掌握文字表达，对孩子有百益而无一害。

唐代大儒韩愈有一句话流传千古："师者，所以传道授业解惑也。"这个师，在我们今天，不只是老师，当然还有家长，将自己掌握的知识、经验、感悟甚至失败的教训传授给孩子，让他们可以更好地在社会上生存。

我小时候在军营里长大，军营里永远写着八个大字：团结、紧张、严肃、活泼。这是我们党给"抗大"定的校训。受此启发，我很小的时候也给自己定了一个八字信条：自信、坚强、认真、宽容。

自　信

在今天这个社会中，你要有一席之地，自信是第一保证。自信的前提是要掌握知识。如果你没有知识，那不叫自信，叫缺心眼。古人就说"读书百遍，其义自见"，一定要多读书。

坚　强

今天我们处在一个前所未有的时代，这种来之不易的生活是我年轻时不能想象的。我那时候在工厂，一到月底，老师傅们就借钱度日，发工资的第一件事是还债。

当我们不再为填饱肚子而发愁的时候，心灵的坚强就显得尤为重要。无论身处什么样的困境，你的内心是否坚强，决定了你能否过这一关。我们一定要教育孩子坚强，古人说："天行健，君子以自强不息。"最近刚拍卖了一方印，5600万元，是乾隆皇帝在八十岁的时候刻的，上面刻的"自强不息"。在翻阅乾隆皇帝的印谱时，我数了数，有二十多个字迹不同的"自强不息"。

千万不要以为乾隆是一个等闲之辈。他二十五岁登基，八十五岁退位，做了三年太上皇。他在位期间，正是中国历史上最长的康乾盛世。历史上所有的盛世，四十年是大限，只有康乾盛世跨越百年。这跟康熙、乾隆的态度有很大关系。

认　真

　　我们从小就会说"千里之行，始于足下"。我从小受军队环境的影响，做事要求自己必须认真，不偷懒。你如果不从内心接受认真这件事，往往会半途而废。我们之所以觉得事情做不成，往往是因为没有在认真上下功夫。

　　凡成大事者，都非常清楚自己成事的点。老子就说："天下难事，必作于易；天下大事，必作于细。"多难的事情，都得从容易的地方做起；"细"就是认真，不认真，事情就不可能做成。我经常对人说，不论事情大小，你的态度是决定事情能否做好的前提。这个态度就是认真。

宽　容

　　认真是对自己，宽容则是对这个世界。我们可以和谐相处的关键，就是要宽容地对待别人。古人说："不以求备取人，不以己长格物。"一个人有短处，也会有他的长处，我们要看到别人的长处，不能总是求全责备。你们别看我在这喋喋不休地讲课，看着好像干什么都行，但只要不让我说自己的话，我就不知道手搁哪。

比如我就演不了戏。有次我被人临时拉去客串路人甲，朋友说很简单：你开门就会看到一个女孩，对她说"跟我走"就行了。结果，去了片场，我的手都不知道放哪，特局促。为了缓解这种紧张，我又特意回家拿了一个从来没拎过的价值不菲的包。但是，没起到任何作用，这包不管哪只手拎都不舒服。自始至终，我都没敢抬头看那女演员的脸。最后终于演完了，戏也没给播，我那包还被人拿走了。

每个人都有短处，所以我们对事对人要宽容。所谓"建大事者，不忌小怨"。做大事就不要在细节上与人纠缠不休。不幸的是，人们常常在小事上纠缠，导致事情做不成。

这个"八字信条"不仅适用于孩子，也适用于成年人。成年人很容易高估自己、低估孩子，与孩子相处时，在心理上高高在上。但是孩子的聪明和感受能力有时完全超出大人的想象，他会观察大人的言行举止，做出相应的判断，所以大人要学会正确引导孩子，同时要注意自己的一言一行。

有次我去美国一个朋友家，他家小孩三岁，晚上闹翻了天不睡觉，夫妻俩、姥爷姥姥、俩保姆，六个人束手无策，许愿吓唬呵斥所有的招都使了，这孩子就是不睡觉。我说，我一句话他就会去睡觉。在场所有人都不相信，我说不相信咱们就试试，前提是你们都不许说话。孩子小名叫宽宽。我说"宽宽过来"，小孩走到我跟前，我盯着他的眼睛，停顿了三秒钟，然后说："你该干吗了？"他说："我该睡觉了。"然后他就睡觉去了。是他自己说的，不是我让他睡觉的，这一点非常重要。

你在教育未成年人的时候，你心里无论怎么想，必须逼着他自己说出来。但你要有招。这招呢，就是你问他话的时候，一定要打乱说话的节奏。我停了三秒钟，这关键的三秒钟，击穿了孩子的心理防线，他就彻底崩盘了。

孩子早期教育的目的是让他自觉遵守社会法则，知道什么该什么不该，什么能什么不能，这说起来容易做起来难。很多孩子犯了错误，常常从别人身上找原因，推卸自己的责任。这和他从小被教育的方法有关。比如孩子摔了一跤，很多中国家长的反应是，第一把孩子扶起来，第二就拍着地说："都赖它，都赖它！"这样一来，你在孩子幼小心灵中留下了一个什么印象呢？就是把责任推给别人。孩子无法辨识这个世界，就认为是这个地把他给绊了。

这一点上，我们可以向西方人学习。我去年在国外的一个水塘边上看到一个小孩往下爬。他父亲就在旁边看着，眼瞅着孩子就要掉进去了，根本就不管。我就问他，要是孩子真掉进去了怎么办？他说掉进去了，下回就不掉了。这就是一个教育方法，孩子在哪跌倒了，一定要在哪爬起来。

　　我家里有一张非常珍贵的照片，是我拍的。我儿子小时候去十三陵玩，撞在花坛上，腿哗哗地流血，我老婆，孩子的大舅、二舅、大舅妈、二舅妈……七八个人都面部紧张地围着他，我儿子龇牙咧嘴的。我就在那特冷静地拍照。我老婆差点跟我急了，说孩子摔成这样，你居然是这个态度！我说你们冲上去那么多人没有用！他该疼还是疼，任何人不能代替他疼，应该让他记住这个教训，下次就会小心。我们对孩子太溺爱了，今天史家小学门口的堵车就可以证明。我今天生怕迟到，提前20分钟，还是堵在路口过不来。

　　其实孩子比我们想象的要坚强，有面对事实并接受和适应的能力。我们要告诉孩子事情的真相，并告诉他怎样坦然接受，这对他的成长非常有好处。有些善意的谎言不能讲，否则他会发现你说的和现实不一样，他会质疑，会有落差。

　　我小时候去打针，问护士说："阿姨，打针疼吗？"她说不疼。结果，一针下去，疼死了。后来我就特怕打针，只要往床上一趴，屁股就开始哆嗦，因为条件反射。西方人怎么教育孩子呢？孩子问大人："打针疼吗？"他会说："疼，但你要坚强。"

　　我十八岁那年去农村插队，那时我爹刚放出来十二天。我自己打好背包，背包上拴一脸盆。我扛着背包，跟我爸说："爸，我走了。"我爸没站起来，就指着我说："去了好好干。"后来我在农村能管146个知青，就是因为我爸这句"去了好好干"。

　　我儿子初中毕业去英国读书，我告诉他，两件事不能沾：一个是赌，一个是毒。沾了这两件事，这辈子就算是交代了。我不能对他说，女朋友也不能找。这是做不到的事。

　　中国人不善于表达自己的情感，这是我们的文化决定的。在孩子成长的过程中，我们可以尝试让他习惯表达自己的感情。这样，当他可以自然地表达自己的时候，如果遇到什么事情，他会和你交流沟通，你可以了解他的真实想法，尤其到了青春期，他会更加愿意和你分享他的内心世界。

　　青春期是青少年转向成年的逆反时期，一天到晚成心与大人作对，家长指东他就向西，叫他轰狗他就抓鸡。对于亲人，这是一个非常微妙的时期，是家长最头疼的时候。人是从动物中脱离出来的，摆脱不了动物性的原始本能，这个本能是幼体要独立。理论上，此时的动物父母要赶子女离开，独立生活；可人类不行，有情感因素，再者社会复杂，孩子一般尚无判断能力，所以父母担心。于是问题出现了，孩子自觉已经长大，能对付这个看似简单的社会；可父母永远觉得孩子没长大，不相信孩子能独立判断。这里还包含一个荷尔蒙问题，孩子体内的荷尔蒙聚集，开始让他们不服气，要在父母面前证实自己的能力。青春期的孩子表现不一，家长的担心也不一。家里如有一个有青春期问题的孩子，气氛会变得紧张。

我们这一代人由于生活异常艰苦，青春期来不及与家长作对，就让社会折腾得七荤八素，荷尔蒙攒起来的火气到了大千世界也显不出道来，故当时社会问题没今天严重。

我曾经看过一个小魔术，表演者挂出一串鼓胀的气球，然后花拳绣腿装神弄鬼半天，最后赤手轻轻抚摸气球，摸一个炸一个，在座的人都瞠目结舌。我仔细观察，没见他手中有任何玄机。后来我找机会求教，他故作神秘半天，还是告诉我了。其实玄机就在手中，食指与中指之间的根部，粘有一个极细的竹刺，不凑上去就根本看不见。正是这根竹刺，一碰鼓胀到极限的气球，结果可想而知。

青春期的问题孩子，无论男女都是这种鼓胀的气球，父母的脾气就是指头之间那根竹刺，在不当的时机，选用了不当的方法，结果谁碰谁炸。

为了不出现这种局面，首先不要让孩子鼓胀到极限，一点儿不鼓胀也不对。孩子到了青春期，一点儿不鼓胀，家长也急。家长需要想的是，怎样和孩子一同渡过这道关。

在气球鼓胀前做些手脚，让气球鼓不到极限。给青春气球扎眼儿，是个技术活，不能使用蛮力。说细致点儿，让孩子尽可能地发挥长处，在他擅长的地方释放能量，使死劲是不行的。这个时候沟通就显得尤为重要，所以我们要从小培养孩子表达自己的能力。

比如我非常爱我的父亲，但从来没跟他说过"爸爸，我爱你"，说不出口。我们小时候的教育都是打打杀杀的，从来没"爱"这个字眼。虽然没说出口，不代表心里不爱。

到了我儿子，从他很小的时候，我只要有机会就跟他说"儿子，爸爸爱你"，儿子总会回应"我爱爸爸"。我坚持这样做，直到有一天，我说："儿子，爸爸爱你。"儿子说："少来这套。"那时候他仅仅是小学四年级。我对爱的表达跟他所处的学校、社会环境发生了剧烈的碰撞，他开始抵触这种表达。

我儿子到今天都是这样。他只要一进门喊"爸"，我就知道他有事求我。如果没事，他进门不叫爸。我太了解他放出的信号了。不是他不尊重你，因为我们就是这样一个文化。文化的力量巨大，完全超出我们的想象。尽管如此，我们仍要尽自己的最大努力，让孩子在学习书本知识的同时，学会正确表达自己的情感，掌控自己的情绪，知行合一。

古人说："学而不思则罔，思而不学则殆。"学习时不思考，就容易迷惘。因为有时候书上说的不一定对，你得自己思考对错。但如果你天天空想而不学习，也做不成事。古人把思考和学习的关系说得非常清楚。要做到"知行合一"很难。王阳明强调"知是行之始，行是知之成"，朱熹说"论先后，知为先；论轻重，行为重"，都是强调要知行合一。了解知识就是行动的开始，而当你行动的时候，知识就化为实践。这是一个辩证关系。应用到学习中，就是要学思知行。这需要我们整个社会共同努力，尤其是诸位家长和老师。

再过几天就是教师节了，我在这祝全国所有的教师节日快乐，并对他们表示敬意。

谢谢大家。

2010 年　史家小学

　　"天行健，君子以自强不息"，这是乾隆皇帝八十大寿时所制之"自强不息"
宝玺。

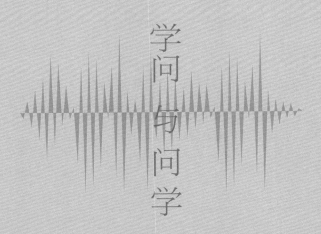

学问 勾问学

>>>　　我总说"历史没有真相，只残存一个道理"。
　　　　天下的事什么最大？道理最大。读史，不要
　　　　强调哪个历史是真实的，最重要的是要知道
　　　　历史遗留下来的道理，道理对终生有用。

文明的坐标：漫谈历朝盛世

以物质水平而论，中国正处在历史上最富足的时期。像我这个岁数的人，年轻的时候还能看到中国各地的贫穷。上一代，很多人终生都没有吃饱；现在，绝大多数人已经不会再为温饱发愁了。我们这一代人，甚至半代人，彻底改变了自己的生存状态。从这个角度看，我们无疑进入了一个盛世。

那么，我们也应该了解一下中国历史上的盛世。中国的历史上有过很多很辉煌的时期，尤其是在长达两千年的封建社会。对应当时的生产力，封建制度无疑是一个优良的社会制度。由于一些细节的设计，中国的封建社会虽然有压榨，有剥削，但没有出现像欧洲中世纪那样血腥和残酷的景象。

传统意义上的盛世，首推汉代的文景之治。我们今天的话题，就从汉代谈起。

【汉代】文景之治

秦王朝统一中国后仅几十年就迅速过渡到汉朝，而汉朝在文帝、景帝时期创造了中国封建社会的第一个盛世。

对于汉朝的皇帝，人们最熟知的就是汉武帝，可能是因为动武的人名气都比较大。而像文帝刘恒和景帝刘启，这两人从才干上来说比较平庸，所以知道他们的人就相对较少。

文帝、景帝时期的国家政策由阴暗转为光明，强调行政上不妄为，被两千年以来的史学家们推崇为一个光辉的典范。《史记》上有这样的记载：汉文帝出行，有人冲撞了他的车马，文帝很生气，下令一定要治此人重罪。主管司法的廷尉出来跟皇帝解释，说我朝的法律规定，这种情况只能罚款，不能治重罪，如果皇帝想取信于天下，就得依法办事。皇上一听，马上说"好"。长此以往，朝廷不妄为，百姓安居乐业，盛世就这么积累出来了。

历史上我们是一个推崇厚葬的民族，古人比较注重"死"这件事，特别是一发财就喜欢跟死后的事较劲，有多少钱都往地底下埋。但是厚葬会给国家带来很大的拖累。文帝、景帝在位的时候提倡薄葬，不想把太多的东西埋到地下去。即便如此，还是吸引了无数盗墓贼。

汉墓"十墓九空"，最大原因在于它是封土的。所谓"封土"就是堆一个坟堆，相当于给后人留下一个很清晰的标识，所以汉墓很容易被盗。新中国成立以来，只发现了三座没有被盗的大型汉墓。

一个是河北满城汉墓，1968 年修筑军事工事的时候发现的，出土了大概 15000 件文物，其中最著名的文物是长信宫灯。

另外一个是长沙马王堆汉墓。相对满城汉墓来说，马王堆汉墓的等级偏低，出土的金银器并不多，最著名的文物是素纱襌（dān）衣。那一件纱衣仅有 49 克左右，分量不足一两却能够罩住全身。以我们今天所拥有的技术做这样一件纱衣，都不是一件容易的事情。

另一件现代技术复制不了的文物是辛追遗体。防腐是非常复杂的技术，保存尸体最好的方法就是制成干尸，比如木乃伊。制造的时候，需要将尸体的内脏全部取出，消毒处理，把体内的菌类消灭干净，然后再把尸体风干。这个技术不算什么，中国人会做腊肉、火腿，是同一个原理。但我们没这习俗，觉得做干尸不好看。我们至今无法保存湿的尸体，但马王堆汉墓中的辛追遗体，出土的时候身体还是柔软的。据考古人员发现，她的胃肠道里还残留着吃过的东西，由此可知她中午吃的是香瓜，晚上就去世了。在她的内脏没被动过的情况下，怎么能让她千年不腐，到今天都是个难题。两千年前的古人到底是怎么做到的？

还有一个就是广州的南越王墓。1983 年，一个单位想盖宿舍楼，首先要挖地基，这一挖，竟然挖出一个古墓来，就是著名的南越王墓。

南越王叫赵佗，是个北方人，具体点儿说是河北人，被当时的秦王派到了岭南。岭南是我们国土上一个重要的气候分界线：到冬天的时候，北方一降温，南京、杭州这些南方城市就跟着北方一起寒冷；再往南走到长沙，依然寒冷，冻得人都受不了；但只要你到达岭南，到了广州，气候就完全不一样了。

今天，因为交通和信息的便利，我们对地域差异导致的气候温度、人文风貌等的差异感受并不深刻，所以现在你到哪儿都不会有太多的新鲜感，因为你事先都看到过、听到过，有了心理准备。在我小的时候，这种差异感受还是存在的。

我曾经错以为香蕉天生就是黑的，因为我当时吃的香蕉全是黑的，就没看见过黄香蕉，后来才知道香蕉最初是绿的，熟透了以后是黄的，熟得不能再熟将要熟烂了的才是我小时候吃的那黑色的。那么，对于两千多年前的古人，这种差异感受就更加深刻了。

赵佗被秦王派往岭南，一路跋山涉水，历经好几个月的时节变换，终于到了地方。他一看这个地方鸟语花香，吃的东西都跟北方不一样，感觉特别新鲜。他这个人呢，心态比较好，随遇而安，在岭南特别适应，就长久地留了下来。

赵佗在岭南对中央政府一定要自称"王"，不能称"帝"——如果赵佗对中央政府称帝的话，那叫造反，中央政府一定起兵把他灭了。但岭南偏于当时国土的一角，"山高皇帝远"，他自己悄悄建立了一个小国家，偷摸过了把称帝的瘾，也不张扬，这"国"就这么留存下来了。南越王墓里出土的一方印就证明了这件事，因为这方印上面写着"文帝行玺"。天子有"六玺"[1]，"行玺"是其中一玺，就是天子随身带的一个印玺。这方印是南越王的陪葬，跟在南越王身边，自然就成了南越王自封为"天子"的证据。

---

[1] 秦汉皇帝的六种印玺，分别为皇帝行玺、皇帝之玺、皇帝信玺、天子行玺、天子之玺、天子信玺。

即使有印玺，我们也不能称他为"帝"，根据中国历史年表，岭南地区虽然被称为南越国，但南越王只能算一方诸侯，他怎么自称是他自己的事，只要历史上没有南越国独立的实证，他就不算皇帝。如果赵佗算皇帝的话，那他就是中国历史上寿命最长的皇帝。我们知道中国历史上执政时间最长的皇帝是康熙，在位六十一年；寿命最长的皇帝是乾隆，八十九岁，执政六十年，外加做了三年多的太上皇，总共将近六十四年。可赵佗执政六十七年，寿数过百，这在中国封建社会统治者身上是非常罕见的现象。

南越王墓的主人是赵胡，他是赵佗的孙子。为什么赵佗的儿子们没有当王呢？因为赵佗活得太久，把儿子们全熬死了。毕竟他在位六十七年，封建时期一般人能活六十七岁都很难。

如果有机会去广州，我建议大家腾出两个小时的时间，一定要到南越王墓去看看。整个墓葬还保留着原来的形式，出土的一万多件文物都在。现在有很多人想找墓主的爷爷，也就是赵佗的墓，它有一个坐标，理论上按照那个坐标就能找到。大概在哪儿我可以告诉大家，就在越秀公园。

前面说的是三座没有被盗过的汉墓，下面讲一个被盗了的汉墓——老山汉墓。

北京有个地方叫老山，专家说那儿不可能有汉墓，结果去了俩盗墓贼，凉棚一搭，说"这地儿有东西，咱俩开挖"。昼伏夜出，每天晚上定时去挖，早上起来把土往外一倒，就回去睡觉。

老山是奥运会摩托车比赛的赛场，赛时声音很吵，所以附近没有居民居住，但是有人早晨去锻炼。有些老太太早上起来溜达到那儿，看见每天都多出来一堆一堆的土。这俩盗墓的人不注重细节，要不怎么说"细节决定成败"呢？他们每回挖的土应该都往一处堆，可他们老是挪地方，就跟羊拉屎似的，那土堆得跟"坟包"一样。突然多了好几十个"坟包"以后，老太太就上派出所报案去了，跟警察说你们去那边看看，备不住里边埋人了。

两个警察就拿着竹竿挨个儿杵这些土堆，没发现什么。正准备走的时候，这俩干了一宿的兄弟从地底下钻出来，一下撞警察怀里了。警察就问："你们俩干吗呢？"他俩只好招了，说："我们俩在这儿盗墓呢，盗了有半个月，眼看就有成就了，您看碰见您多倒霉。"然后两人就进了派出所。这时候这俩盗墓贼的墓道挖得离主墓室只剩下 60 厘米了，使劲的人一锹就进去了。可他们不知道就差 60 厘米，早知道的话那肯定不上来，毕竟他们也不知道上头有警察。

得知消息的电视台工作人员高兴了，前期工作人家都给准备好了，咱们就直播吧！花了好几百万准备了半年多，大棚什么的都搭建好了，选了良辰吉日，直播考古现场。专家一使劲，"咕咚"一声就进了主墓室，说这俩兄弟挑的地方还真准，一点儿都不歪，直接就进来了。但是所有人都没想到老山这个汉墓，是迄今为止清扫得最干净的一个汉墓——里头有一个漆案子，已经彻底腐烂了，就剩一层漆皮，贴在地上拿都拿不起来；还有指甲盖大小的碎玉片，其余什么都没有。白高兴一场，出土的东西全加起来还不值电视台搭的那棚子钱。

有些汉墓，像北京的大葆台汉墓，曾经被盗过，还出土了三千多件文物。很多汉墓被盗的时候，有些东西是盗墓贼不拿的，比如一些陶俑，盗墓贼觉得这些东西没价值。古代的人盗墓进去以后拿东西，依次从贵重到便宜去拿，比如第一个进去的人一定是先找金银器，剩下的东西就不拿了，后面的人进去一回就拿一回价值次一级的东西，以此类推。

墓葬挖掘的时候，隔一段时间播一段新闻。它是怎么挖的呢？就跟我们今天盖大楼似的，挖一个篮球场那么大的坑，挖到一层楼那么深的时候，记者说："观众朋友们，我们今天已经挖到一层楼这么深了，土层保护得特别好，据专家推测墓主人没被搅扰过，一定会出土重要的文物。"隔了半个月，又往下挖了一层楼那么深，记者依然很高兴地向大家报告喜讯；等挖到三层楼那么深的时候，记者的脸色就没那么好看了，说："今天发现了两个盗洞，但是专家说这两个盗洞至少是唐代以前的了，那时候人的价值观跟今天是不一样的，所以我们相信一定还有很多重要的文物出现。"最后挖到四层楼那么深的时候，记者面色凝重地向大家报告说："今天挖出了一个娃哈哈矿泉水瓶子，上面写着生产日期某年某月，墓里面编织袋、香烟什么都有……"

　　盗墓也是需要灵感的，有些人的直觉非常准确。墓葬中有很多情况，非常复杂，专家都可能有不明白的时候，这盗墓贼怎么就有这么大的能耐，打个老鼠洞拐着弯就进去了，十分精准。比如前些年陕西省抓了一个盗墓贼，这个人是一个孤贼，一个人用一把洛阳铲干了两个晚上，直接打开其中大墓的"黄肠题凑"①，相当于他这一辈子就打了这一枪，一枪就命中了十环。盗洞打到"黄肠题凑"的时候他就不打了，出来找买主，他怕里面的东西直接拿出来卖会被别人说是假的，所以要卖个新鲜，有点儿像咱们上餐厅吃活鱼的时候，厨子都把活鱼先拿到客人跟前看看。

---

① 帝王一级使用的陵寝椁室，等级最高。椁室为四周用柏木枋（即方形木）堆成的框形结构。

　　这个人三十来岁，被逮住前一年半对盗墓一无所知，他买了专业书，看了很多专业的展览。每个人都有自己特殊和敏感的地方，这个人的空间感很好，能准确地找到大墓，是一般人不可想象的。当时陕西省考古专业的人都觉得特震惊，说这个人的本事忒大。自从把他抓了以后，尽管他没有对墓葬造成什么实质性的伤害，但是现在对那个地方的管理非常严格了。

　　汉朝的皇帝比较反感厚葬之风，就提倡薄葬。如果有机会去西安，计划坐飞机回来的话，一定要提前两小时走。在去咸阳机场的路上有一个汉阳陵博物馆，那就是汉孝景帝的墓葬。你看看提倡薄葬的皇帝是怎样下葬的。他的薄葬比咱们今天厚葬还要厉害！主墓室没有挖，专家勘测得出结论说已经被盗过了，但它这一圈陪葬坑，就只挖了一个角，已经出土了6000多件各式各样的陪葬俑，很精彩。这个墓保留了原始状态，上面铺着玻璃，你踩在玻璃上可以看到里面的状态，那个感觉非常好，我建议大家有机会可以去看看。

　　我们看到的秦兵马俑，那么大的阵势，只是一个陪葬坑的角落而已，陪葬坑远离主墓室有十几里路，可见中国人对死多么重视，对墓葬之事多么不惜工本。

　　过去考古跟今天是两个概念：我们今天说的考古是指以

挖掘墓葬为基础，来进行历史考据；古代所说的考古，比如宋代，简单地说就是一个比较——我看到一个东西，再比较另外一个东西，看看它俩之间有什么关系。

我们国家主动开挖的墓葬很少，新中国成立以后经过特批主动开挖的有十三陵的定陵，其他的都叫抢救性挖掘，是由于做工事或者被盗等各种问题导致的。考古工作者当然都希望能够主动地而不是被动地去开挖一些墓，尤其是没被盗过的墓，希望看到新的东西出现，看看那个时代有什么提示给我们的信息。

【隋代】没有盛世，但做了两件大事

文景之治以后，汉武帝跟匈奴开始打仗，打了几十年，国家由太平盛世又转入了战乱。过去说书人老说"天下大势，分久必合，合久必分"。东汉以后经历三国、两晋、南北朝，只有西晋时期有过短暂的统一，几百年间国家都是四分五裂的，隋以后又再度统一中国。

历史惊人地相似。秦朝统一中国以后，迅速过渡到汉朝，汉朝成为中国封建社会第一个辉煌的朝代；隋朝统一中国以后，很快过渡到唐朝，唐朝又成为中国封建史上的第二次高峰。

过去对隋炀帝的描述都是"荒淫无度"，原因有很多，比如下江南的时候，乘坐的龙船上全是美女；隋炀帝还发明了"逍遥车"——在车上挂好多铃铛，车一走叮当乱响，就把他在车里和妃子们玩耍的声音给遮住了。其实隋朝皇帝还是做过很多重要的事情，其中最有名的有两件。

第一件事是开凿大运河。大运河从浙江起，一直到北京，至今还有运输力，是非常了不起的。历史上的人工工程，很多到现在还有价值，比如秦朝的长城本来是抵御外来侵略的防御工事，但今天还有旅游的价值；隋朝开凿大运河，就是要提高国家的运输力，因此运输是它的本职，今天大运河依然承担着运输的责任。现在全中国有那么多工程，但不能保证一千三四百年以后这些工程依然有它的作用。我们盖的这些水泥大楼，一千年以后肯定都荡然无存了，而隋朝的这条运河却一直造福着我们的民族。

第二件事，隋朝开创了非常重要的科举制。我们都知道，汉朝的干部制度是举荐制，推荐到最后就会搞裙带关系，一发不可收。隋朝建立了科举制，我认为科举制是中国封建社会最优良的制度，保证了国家人才的输送。

这一点我们优于欧洲。基于这项制度的保障，我们没有出现像欧洲中世纪那样的黑暗时期，毕竟二流的制度比一流的人强，更何况科举制在当时的封建社会是一流的社会制度。即使是封建社会最小的官——九品芝麻官，也能写一笔好字，熟读"四书五经"。科举制对文化的建设、国家整体文化的构成，产生了不可磨灭的积极影响。

科举制在我国的封建社会中实行了 1300 年，出了 630多个状元，平均两年出一个，出状元最多的就是浙江省。

【唐代】贞观之治，开元盛世

隋朝过渡到唐朝以后，出现过两次盛世。第一次盛世是贞观之治。唐初，李渊父子拿下江山以后，遇到一个问题——怎么统治江山。古人一直认为，打天下容易，治天下难。

李渊做过太上皇，很有意思。他跟原配夫人生过四个儿子，长子李建成，次子李世民——就是我们熟悉的唐太宗，三子李玄霸，四子李元吉。李玄霸早夭，四兄弟就剩了三个人，老大李建成跟老四李元吉俩人一伙，李世民自己一伙。李建成当时的职位相当于今天的北京卫戍区司令员，他有一个高参——魏徵。魏徵跟李建成说："小心你的二弟李世民，你如果不把他干掉，将来他会成为你的心腹大患。"

　　过去中国人讲"五伦"，"五伦"包括君臣、父子、兄弟、夫妻、朋友。李建成认为兄弟情是很重要的手足情，所以他说："让我动手把我的二弟干掉，这太残忍了，我下不去手。再说我管着京城，有这么大权力，我怕他干吗呀？他身边就那么几个哥们儿，没什么了不得的。"李建成没采纳魏徵的建议。

　　后来，李世民在北面的宣武门设伏，二十分钟拿下他哥哥和他弟弟的首级，去见父亲李渊。史书上记载，当时李渊看着大势已去，说他们罪有应得，被迫做了太上皇，李世民就当上了皇帝。

　　李世民当上皇帝以后，想的第一件事就是怎么统治这个国家。很多人都认为自己的能力很强，即使是没什么能耐的人也愿意说，他的头儿不成，不如他。我们都觉得自己有力气使不上，有非凡的管理才能，但真的突然给你一个大权的时候，你未必能驾驭。

　　李世民当上皇帝以后，立刻就去找魏徵。他把魏徵俘虏了来，说："魏徵，我问问你，你为什么挑拨我们兄弟之间的关系呀？"魏徵作为被俘的人，说话却非常强硬："如果你哥听了我的话，你就没有问我这个问题的机会了，他早把你宰了。"

我们一般人是"好话听好，坏话听坏"，人家跟你说好话你听着舒服，说坏话你就难受。但李世民有一个本事，就是"坏话听好"。这么难听的话，如果我们是皇帝，就俩字：杀掉！拉出去，我不跟你废话，历史上就没你这人了。但是李世民想：我哥要是听了他的不就把我给杀了吗？就没我做皇上这事了。于是他说："那我听你的，你来做我的忠臣吧！"魏徵说："不可能，忠只能对一个人，我是你哥的忠臣，我要再忠于你就等于变节，我不可以做你的忠臣，我最多做你的良臣，给你提意见。"唐太宗说："行，你以后就负责给我提意见，其他什么事都别管。"

唐朝有非常好的谏官制度，一大堆人没别的事，就负责提意见，什么都可以说，无论多尖锐也没有问题。我们今天一提意见，甭说工作关系，就是家里孩子给你提个意见，你当场就翻脸了，心想，你管得着吗？肯定都是这态度。魏徵给唐太宗提了多少意见呢？在《资治通鉴》里有记载，魏徵提的有记录的意见，有九十多条，一条比一条尖锐，一条比一条狠。

这些意见让唐太宗非常难受，他多次回家跟长孙皇后说："我早晚有一天要宰了这乡巴佬，他太不给我面子，太让我下不来台了。"但是冷静下来以后，他能够吸纳魏徵的意见，这是唐太宗的过人之处。

魏徵去世二十多年以后，唐太宗说了那句历史上著名的话："以铜为镜，可以正衣冠；以古为镜，可以见兴替；以人为镜，可以明得失。"我照照铜镜，就可以知道我的帽子是不是戴正了，衣服是不是穿整齐了；我参照历史，就可以知道人家是怎么兴旺的，又是怎么被替代的；我参照他人，就可以知道什么是得，什么是失。

唐太宗在魏徵去世以后痛心疾首，说："魏徵没，朕亡一镜矣！"魏徵去世了，我的一个镜子就没了。可见吸纳别人的意见，尤其吸纳别人尖锐的意见，是一件多么重要的事。

说到这儿，历史的规律性就出现了：中国历史上的所有盛世，没有一个是"大才"创造的，全是"中才"创造的。

比如刚才说的文景之治，文帝、景帝都属于中才，不属于大才。汉朝的大才一定是刘邦、刘彻。由于唐太宗李世民能够听取别人的意见，他是史学家公认的由中才跃升为大才的唯一的人，所以《沁园春·雪》说"秦皇汉武""唐宗宋祖""一代天骄"，包括后来的成吉思汗、朱元璋，这都属于大才。大才的人想的都是拓展疆土，完全是侵略的态势，不是守势。但百姓需要的是平和的态势，国家的太平是最重要的。所以真正能创造盛世的都是中才。

　　唐朝在贞观之治以后，还有一次盛世，就是开元盛世。李隆基也是个典型的中才，喜欢吹拉弹唱，"梨园"这个词就是他创造的。史学家对他的评价是"光荣与耻辱、伟大与渺小、英明与昏聩集于一身的皇帝"。

　　一开始，李隆基还是励精图治的，试图以贞观之治为蓝本来治理这个国家，但是他看上自己的儿媳妇以后就比较麻烦了。他跟李林甫讲："我确实想退居二线了，不是装样子，你能不能替我管理这个国家？"李林甫说："行，我替你管。"

　　然后李林甫干了一件事，他把所有的谏官集中到一起，问他们都见过仪仗马吗？唐代的仪仗马，吃的是上等料，每天有人给洗澡。但是有一点，国宾来了，马只要嘶鸣一声，您就回去吃下等料，没人再给您洗澡了。李林甫说完再问这帮谏官听懂了吗？所有人都说听懂了，意思是他们要闭上嘴不能再提意见了。于是，后面就出了问题——安史之乱。安禄山起兵之日就是唐朝被断送之时，即使后来还有一百多年，但再也没有盛世了。

　　盛世是一天一天积累而成的，但乱世是突然到来的。我们每个人都能够体会到我们的国家是一步一步走向繁荣盛世的，每个人的生活是一步一步提高的。我们不要老是端起碗来吃肉，放下筷子骂娘，永远觉得自己的欲望没有达到。从整体社会而言，我们今天的发展速度超出我们自己的想象，所以要珍惜这种局面。国家只要平和地发展，无论速度快慢，我们都是一个富裕的国家。

【宋代】开创中央集权制，一千年无内战

今天中国人的思想方法、行为准则，乃至生活习惯，都是宋代以后定的。

中国文化在宋朝有一个分界线，这一观点得到了很多学者的肯定。唐朝以前尽管有儒家文化作为基础，但是中国人的行为准则是不太规范的，宋代的程朱理学彻底规范了中国人的行为。

汉唐时期并没有形成今天这种全国性的收藏热，而宋代开始对文化有主导性的提倡。赵匡胤是一介武夫，在陈桥兵变中被人簇拥着黄袍加身，一夜之间就做了皇帝。底气不足的人当皇帝就害怕，因为随时可能变成别人的攻击对象。于是赵匡胤请来"半部论语治天下"的赵普，问他有什么办法能够解决五代十国以来，皇帝换了十姓、生灵涂炭、兵戈不息的局面。赵普只回答了八个字：君弱臣强，强干弱枝。

之后赵匡胤"杯酒释兵权"，初步实现了国家的中央集权。别看赵匡胤一介武夫，他定下的调子就是不杀文人。任何人都可以畅所欲言，犯了错误最多流放，不至于被判死刑。宋太祖晚年的时候，有个军官送他一个手杖，手杖俗称"二人夺"，遇到紧急情况时拔出来就是利刃。赵匡胤问："这玩意儿干吗用？"军官说："您在紧急的情况下，可以保护自己。"赵匡胤当时就大笑说："等我用这玩意儿保护我自己的时候，你想过这事态得多严重吗？"

可能会有人说中央集权制不好，但是从宋以后将近的一千年中，中国确实没有内战。中央集权制带来了国家的长期稳定，使中国封建社会在后一千年里依然能够高速地发展。

辽与北宋、金与南宋、南宋与元、元与明、明与清，这都是不同民族之间的争斗，不算内战的范围。1911年辛亥革命爆发，政府丧失了中央集权以后，国家立刻四分五裂。辛亥革命开始以后，打了二百多场战役。中国有十九个人在十二年间成为国家最高领导人，比较熟悉的有袁世凯、徐世昌，有一个人叫周自齐，只统治了九天，还有十四个省宣布独立。我们看《红灯记》的时候，李奶奶有一句著名的台词，叫"军阀混战，天下大乱"，说的就是政府中央集权丧失的时期。

　　从艺术造诣上讲，北宋后期的宋徽宗，是中国皇帝里艺术造诣最高的，仅以他创造的独特书体——瘦金体来看，就是一个不得了的事情。唐朝的字很难被超越，写任何字都在那个框架之内，但是宋徽宗创造了瘦金体。这个皇帝政治上碌碌无为，管理不了国家，但艺术上确实成就很高，可以画画，自己任画院院长，然后把北宋给断送了。

【元代】版图最大，大朝代中时间最短

　　元代的问题比较复杂，不是一两句话就能够说清楚的。我们称为元朝，西方称为蒙古。在西方的教科书中，对元朝最轻的说法是"蒙古征服"，其次是"蒙古侵略"，再次是"蒙古吞并"，我们的蒙古铁骑一直打到欧洲多瑙河畔。如果那时候的版图算中国历史上的版图的话，那就是我国版图最大的时期。

　　游牧民族有两支，一支是渔猎，比如契丹、女真、满族，跟农耕民族相对容易沟通；另一支是纯游牧，比如蒙古，他们和农耕民族不大容易沟通，因为生存观念不同，对人的重视程度不同。元朝由于文化冲突问题，在中国历史上存在的时间最短，一共才 90 多年。中国的封建社会存在时间最长的是宋朝，319 年。

　　中国历史上的大朝代，300 年是一个大限，一般情况下是跨不过去的。比如我们已知的最长的朝代周朝有 790 年，按照今天的划分，是西周、春秋、战国这三个阶段，切开来每个阶段都不够 300 年。大汉有 400 多年的历史，但中间被王莽一刀切得干净利落，实际上是西汉和东汉两个朝代。唐朝 289 年，明朝 276 年，清朝 268 年，都没有跨过 300 年的大限。只有宋朝，以柔克刚的宋朝，注重文不注重武的宋朝，注重守不注重攻的宋朝，成为中国历史上唯一一个能够跨过 300 年大限的朝代——南、北宋衔接起来有 319 年。

　　这有点像人，人的大限是 100 岁，到今天为止，寿命能够超过 100 岁的人，连人类总数的万分之一都不到，但是总有人能够跨过这个界限。那么宋朝靠什么跨过界限的呢？宋朝中间有一次迁都，一次收缩，南宋比北宋版图小很多，也有人认为当时的时代是后三国时代，宋跟西夏、金对峙，从当时的版图上能看得很清楚。但是以柔克刚这个规律，中国人的内敛和含蓄，在宋朝暴露无遗。它以割让土地换取和平，颤颤巍巍，一缩再缩，由北宋缩到了南宋，跨过了 300 年这个大限。

【明代】仁宣盛世

　　经过了元朝将近一百年对文化的破坏，明朝痛定思痛，急于恢复汉文化，所以对文化建设比较重视。我们过去说盛世，跟今天盛世的概念不一样。过去的盛世有两类：一类属于政治上和军事上都强大；还有一类属于收敛型的，就是物质生活很好，但是军事上不一定很强大。明朝末年大概就是后一种状况。

明朝初年的时候也有过一次盛世，时间很短，史学界称之为"仁宣盛世"。实际上应该叫"永宣盛世"，但因为永乐皇帝有篡位之嫌，他是动了凶的，把他的侄子赶下台，所以史学界对永乐皇帝评价不高，从来不说"永宣盛世"，而说"仁宣"。

到永乐年间，盛世的特征都有了，比如修典。《永乐大典》大家都知道。康熙修《康熙字典》，乾隆的时候修《四库全书》，我们到了20世纪70年代开始修《大百科全书》——修典是一个很重要的盛世标志。

永乐三年开始下西洋，康熙二十三年开放海禁，都表明了中央政府的一个态度。明初的盛世很快就结束了，为什么呢？因为宣德是一个相对来说统治力比较弱的皇帝，从跟北方的游牧民族发生冲突开始，明朝进入了一个非常危险的时期：宣德以后的正统、景泰、天顺那三十年，就是所谓的历史黑暗期。

到了明末，我们的教科书上一般写的是"政治黑暗，民不聊生"。尽管嘉靖、万历两个皇帝不事政务，但明末的时候国家机器运转得非常正常，因为内阁制。

我们看电视剧《万历首辅张居正》大概能了解到一些。内阁相当于总理，张居正是一个有非凡管理天赋的人，历史上很难有这样的人出现。一般来说，一个人上台以后，首先要使用自己的亲信，因为比较好用，也知道脾气。张居正上任的时候，"六部"——吏部、户部、礼部、兵部、刑部、工部，里面的官员他一个都没换，十多年间也只换过一个人，在他的管理下社会井井有条，国家机器运转得特别好。

资本主义萌芽的特征，在明末的中国和欧洲同时出现，有证据能证明当时江南一些富庶地区的生活有多好。比如《金瓶梅》，不是写西门庆荒淫无度，也不是写他娶了七个太太，而是当时的社会有这样的阶层出现，是普遍现象。

那时候的文学作品很准确地描述了当时社会的富足，收藏热从那时开始兴起，品牌意识逐渐出现。晚明时期中国的品牌意识跟西方一模一样。喜欢收藏的人知道，时大彬的紫砂壶、江千里的螺钿、黄应光的版刻、周翥的百宝嵌、朱松麟的竹刻、张鸣岐的手炉，等等。晚明时期所有手工艺品的顶级作品都刻有人名，这个人名就是品牌。

比如张鸣岐的手炉，至少还有 4 万个存世，历史上至少制作出了 40 万个。张鸣岐一个人拿锤子是凿不出这么多手炉的，他的名字已经变成了一个品牌。如果今天你看到一个紫砂壶，只要有"时大彬"字样，只要是明朝末年的，这个东西就是真的，是不是他本人做的根本不重要。

西方著名品牌九成以上是人名：包有路易·威登、爱马仕、古琦；汽车有劳斯莱斯、奔驰、福特、丰田；服装有乔治·阿玛尼、范思哲、皮尔·卡丹；波音飞机也是人名。人名变成品牌，是商标品牌意识最主要的一种社会现象，同时将品牌质量建立在一个人对此负责任的基础上。比如丰田汽车的刹车出事了，丰田章男跑到全世界鞠躬，因为他要为丰田的品牌形象负责，所以必须出来道歉。

不幸的是我们一入清，就把品牌这事一刀切了，叫大清顺治年制、大清康熙年制、大清乾隆年制、大清光绪年制。在资本主义第二次萌芽，中国人的品牌意识再次出现的时候，鉴于以前品牌消亡的教训，不能再叫名字，怎么办呢？叫半拉——葡萄张、泥人张、烤肉季、烤肉宛；接下来叫外号——狗不理、王麻子……

明朝后期出现的品牌意识，表明我国的资本主义萌芽跟西方同步出现，这是一件非常重要的事情。但是由于我们不注重保护知识产权，不注重无形资产的价值，使我们落后于欧洲。

李约瑟是中国科技史专家，他有一道难题，问："为什么中国有这么好的底子，但近代资本主义不在人文荟萃的中国发生，而在欧洲发生？"这道题被称为"李约瑟难题"。我觉得答案应当与中国人不注重知识产权保护有关。

1623 年，明朝天启年间，英国颁布了第一部保护知识产权的法律，规定"我发明的东西你不许抄"。中国人认为抄你点儿东西不算什么，毕竟从小就会抄作业，咱们近几十年的高速发展，很大程度上依赖于"山寨"。我们不仅不注重知识产权的保护，而且当时认为人家那是个小里小气的法律。英国人就是利用这样一个小里小气的法律，在 100 多年的时间里，从一个在欧洲非常落后的角落里的岛国，成为"日不落帝国"。

我们就一直想不明白这个事，所以到今天，我们保护知识产权的能力还是非常低的。你碰不到的时候没有感受，只有在碰到的时候才会有强烈的感受。比如我自己碰到有人拿着我的盗版书——盗版书也是个好事，证明你的书好卖，才有人盗版，不好卖都没人盗版，但我在盗版书面前没有办法，也不愿意为此去打官司。

我们的法律制度是赔偿制。书店里卖盗版书，行，你给我们举证。你说卖了 15 本，一本 30 块，好，加起来 450 块，赔给你就了结了，并没有高额的惩罚。盗版即使被抓到，代价也不痛，自然就屡禁不止，所以我们基本上很难为自己的无形资产去维权。

当欧洲资本主义革命成功以后，社会得到高速发展，我们却陷入盲目的自大，这就进入了中国最后一个盛世——乾隆盛世，现在有时候也说康乾盛世。

【清代】康乾盛世

明朝末年有四支政治力量要统治中国，这四支政治力量包括李自成的大顺军、张献忠的大西军、南明吴三桂以及满族人，其中最不可能统治中国的就是满族人。满族人当时连老带少、连男带女全加一块儿不足 60 万人，中国当时有 1 亿人口，60 万人怎么统治这 1 亿人口？满族人有个优点，所有的矛盾到今天说完为止，我们一致对外，性格比较单纯——人和人之间不可能没有矛盾，但是他们能够真正地冰释前嫌。

满族人进入中原以后面临的是文化冲突，经过冲突以后迅速调整。他们知道不能采取元朝人的办法，肯定要以汉人治理汉人。满族人是治不了汉人的，所以从一开始就采取满、汉两种公文。清朝的任何牌匾、公文都是满、汉两种文字。汉族文字强大、丰富，所以200年以后，大量的满族人不认识自己的文字，但认识汉字。

康熙二十二年收复台湾，二十三年开放海禁，我们的人口从1亿增加到4亿，这在18世纪是一个不得了的成就。当时形成了大规模的移民。大家最熟知的就是闯关东、走西口、湖广填四川、闽广填台湾。

前两个说法都赋予了文学含义。一个"闯"，表明了当时东北关东地区，即山海关以东地区人民生活的艰辛，闯关东风险很大，今天有电视剧叫《闯关东》。走西口，用一个"走"来表现道路之漫长，所以也有电视剧叫《走西口》。但是湖广填四川、闽广填台湾没有文学词，电视剧就拍不出来。你说拍一个电视剧叫《湖广填四川》，谁也听不懂，不会有收视率。只要起了一个文学的名字，它就显得非常有生命力。

18世纪是中国封建社会历史上经济最强盛的时期，也是封建社会的最后一次盛世。中国人的聚财能力在这时候体现无疑。从明朝后期资本主义萌芽开始，16 世纪"隆庆开关"[①]，到 17 世纪、18 世纪的 300 年里，中国人用三个主打产品——丝绸、茶叶、陶瓷，把全世界的白银都吸到我们兜里来了。

这三样商品都是低成本、高利润的——咱们逮两只虫子，弄几片树叶养一养，制成丝绸，卖出去了；挖两锹土搁火里烧巴烧巴弄一个碗，卖出去了；然后摘点茶叶炒巴炒巴，又卖出去了。

中国是银本位国家，我们的金融机构叫银行，过去我们签各种不平等条约都是赔白银多少万两，黄金也可以，但是按白银计价。我们国家不产白银，贫银贫金，我们都是靠贸易换过来。货币的本质是贵金属，贵金属很重要，它重要到在交易中能保你不吃亏。我们今天出国有一个最大的烦恼就是换汇。上欧洲，过去没有欧元，法有法郎，英有英镑，到哪儿花的钱都不一样，脑子天天跟计算机似的，买什么都得算账。

一百年前咱们如果想出国，没有换钱这事，揣着"袁大头"就出门了。到美国、墨西哥，银洋一个兑一个；到日本，

---

① 指明朝隆庆元年，隆庆帝宣布解除海禁，调整海外贸易政策，允许民间私人远贩东西二洋。

银圆也是一个兑一个，只是图案不一样，重量全是七钱二分，全世界通行，没有汇率问题。您要没钱就揣俩，有钱就多背点儿，沉点儿。所以说金属本位在汇率上占不着我们便宜，但我们今天会被占便宜。大家都知道，如果十年前存的美元，现在肯定特吃亏，贬值将近 20%。我们有 25000 亿美元的外汇储备，理论上讲有 5000 亿美元已经被贬掉了，这就是非金属货币的弊端。

欧洲资本主义革命成功以后，第一件事就是想把白银赚回去。当时有人估算，全世界白银的 80% 都在中国，想弄回去，就要进行贸易。我们拿本小利大的东西把人家的钱换过来，人家也想找本钱小的再换回去。

英国人找来的第一个东西是羊毛织物。资本主义革命成功以后，英国人发明了机械纺织机，把羊毛纺成一种呢子，特别平整，叫"哔叽"。岁数大的人一定都知道毛哔叽。

中国人一看英国人扛着毛哔叽上了岸，就问："兄弟，你们扛的是什么呀？"回答说："这是毛哔叽。"再问："干吗用的？"回答说："做衣服的。"那个毛哔叽板着，看着像个簸箕，但中国人死活不穿。英国人拿这个没赚到钱，急得不行，当时他们认为自己到全世界都能拿这个东西换回钱来，怎么跑中国就不灵验？后来他们突然发现，中国人吸食鸦片，这是最坏的一件事。

鸦片战争大家都很清楚，但中国人吸鸦片可不是从道光开始的，从雍正时期就开始了。雍正时期有人跟皇上说，吸这个玩意儿上瘾，得给它戒了。中国历朝历代政府对两件事烦得不行，一个毒一个赌，碰上这两件事都是格杀勿论的。雍正说马上把它戒掉，这时候又来一个人跟雍正说："皇上，鸦片不光是毒品，这东西还治病呢，您要是胃疼，吃一点就不疼了。"雍正千不该万不该开了一个口子，他说吸毒得戒，但有病治病。于是所有想吸毒的人都说自己有病得治。

过去贫穷的时候很少有人吸毒，为什么现在吸毒成为社会问题呢？还是因为有钱了嘛！经过乾隆时期的培养，到了嘉庆、道光年间，吸食鸦片之风就一发不可收拾。英国人一看这东西好，本小利大。英国本土是不长罂粟的，这个东西在印度生长。印度是英属殖民地，又离我们近，所以正好在印度种，第一人工便宜，第二运输费便宜。于是英国人就把鸦片源源不断地运到中国来，换我们的白银。

我们的教科书上叫鸦片战争，英国的教科书上叫贸易战争。英国非要用贸易把白银换回去，但是它拿出了这么恶劣的一个商品。道光皇帝下令禁烟，决心和力度都不算小，林则徐虎门销烟便是明证。

不幸的是，从鸦片战争以后，中国就沦为了半殖民地半封建的国家。但我一直不认为中国有过"被殖民"的过程，因为殖民的第一个特征就是语言的改变。从这一点看，我们又真的非常幸运。

欧洲资本主义革命成功以后，第一个动作就是土地扩张，今天世界上地域版图较大的几个国家——美国、加拿大、澳大利亚都说英语，印度的官方语言也是英语，非洲曾经是法属、英属的殖民地国家，不是说法语就是说英语。今天所有曾经有过殖民经历的国家一定都说着人家的话，不是说着自己的话。

英法联军是1857年打进中国的，又过了四十三年，八国联军进来。在那个时候，欧洲列强国家很希望把全世界的土地都殖民占领完毕，但是对不起，我们中国的文化太厚重了，我们的语言没有被外来者改变过。

我曾经跟一个非洲的女孩做过一个春节的节目，最后结束的时候大家都用家乡话向全国人民问好，这个非洲的女孩就说"Happy New Year"。我说你等等，这话我听懂了，这是英语，你能不能说你的家乡话？这个女孩说，我家乡就这话。她已经彻底被改造了，而我们坚守住了我们民族几千年来的灿烂文化。今天全世界有很多人在学习我们的语言，从这一点就能看出咱们的国家开始强大起来了。我们今天的生活非常好，身处人类历史上最好的时期，享受着近一百年的科技发展带来的无穷好处和快感。

回顾历史上有这么多盛世，人类的"文明史"实际上是人类的"不文明史"，战争时期远超和平时期。我们能生活在和平年代，已经是幸运中的幸运了。跟上一代人比，他们经历过战争，而战争的残酷只有经历过的人才能够感受——你有多少财富都没用，现在就得赶紧跑，要不然就都在炮火里灰飞烟灭了。

国家确实让我们每个人都能够感受到她正在一天一天地强大起来。我说过，我们这一代人应该可以看到，如果看不到，下一代人也一定能够看到，中国将会成为世界最强国。到那天，我们所有人都会很高兴很自豪，但是也应该清楚地知道，中国又重新成为世界最强国，依赖的一定是我们的文化，而不是其他。

2010 年 8 月 南湖文化论坛

《国宝100》（全四册）

我们今天能看到的文物百不足一，甚至万不足一。每一件至今仍能让你看见的文物不是文物侥幸，而是今人侥幸。看见它就是幸福，懂得才是幸运。当这100件国宝完整地呈现在你面前时，你应该知道五千年历史凝聚的文化力量不是虚幻的，而是实实在在地以排山倒海之势向你涌来。

用釉色去思考陶瓷

我写了一本书叫《瓷之色》，由紫禁城出版社为我编辑成书。这个书名我自己觉得很有意思，它换了一个角度思考中国陶瓷的成因。

中国陶瓷史是非常严谨的科学。我二十几岁的时候酷爱陶瓷，很认真地读了冯先铭先生主编的《中国陶瓷史》，我认为学陶瓷的人都应该熟读这本书，学美术的更应认真了解一下。了解了中国的陶瓷，就了解了中国的工艺史，实际上也就能了解中国的历史。

中国陶瓷器皿的发展，几乎是一个容器革命的历史。人类文明的进程很大程度上就是容器的革命。最原始的人类，自己的两只手就是最简单的容器，捧起水就可以喝。容器的革命不停地前进，我们可以把容器想得宽泛一点：硬盘、U盘是容器，可以容纳巨量的知识；汽车是一个移动的容器，能够让人迅速地发生位移；家里的澡盆也是一个容器……从这个广泛的意义来讲，陶瓷就是中国文明史发展和进化中，最有意思的一种容器，其中包含着巨大的社会内容和历史文化背景。

中国人发明陶瓷一定有一个久远的目标。陶瓷的第一个终极目标，就是希望烧得更白一些。陶瓷的两大装饰手段是釉色和纹饰，釉色是抽象的，而纹饰比较具象。今天我们只讲釉色。陶瓷从科学意义上讲，是两种东西，一种是陶，另一种是瓷。今天说的瓷器在科学上是指有一定的透光率、很低的吸水率、在高温下用瓷土烧造而成的器皿。一般情况下，瓷器上一定有釉，釉色就成为一个外衣。

千树万树梨花开——白釉

用釉色这样一个角度去思考陶瓷，我想对理解陶瓷应有很大的帮助。在古人的想象中，理论上来讲，白是起点，黑是终点。但是在烧制的追求上，白一开始就是追求的终点，人们追求尽可能地烧白，白瓷是中国人追求陶瓷的一个终极目标。

　　在陶瓷初创的时期，烧一个白瓷是非常难的一件事情。主要的原因，是我们没法儿将自然界的杂质去掉。一般来说，所有的陶瓷釉色都是由金属成色剂成色，金属在高温下呈现出五彩斑斓的颜色。

　　追求白瓷的过程，实际上是在做一个减法。我们希望把陶瓷烧白，就是把杂质去掉。自然界中铁的含量超过 2% 的时候，瓷器就开始渐渐变成青色；一直上升到 6% 的时候，大约就变成了黑色；在 2% 到 6% 之间，就是颜色程度不同的青色。所以白瓷中铁的含量一定要低于 2%。当我们把铁的含量控制在 2% 以下，瓷器就会呈现出白色。

　　大约是在北齐时，古人已经可以烧造出相对意义上的白瓷了。这时的白瓷一般情况下，在釉厚的地方，比如碗的中心部分，以及足的转角部分都会呈现青色，表明还有一定含量的杂质。这就是铁存在釉色之中的痕迹。

　　古人烧造这种白瓷的动力源于对于纯粹的追求。所有的追求一开始总是简单而纯粹的。在中国人能烧造出科学意义的白瓷之后的一千年里，欧洲人才能烧出真正意义的白瓷。欧洲，包括中东地区，很长时间之内都还只是釉陶，就是上釉的陶器。釉陶是强度很低的。我看到大量的中东 10 世纪到 14 世纪之间的釉陶都是破损的，很少有完好的。但中国这个时期的瓷器完好的非常多，原因就是瓷器的强度跟釉陶不一样，中国瓷器强度非常高，在使用时可以感受到，但釉陶做不到这一点。

紧接着就是唐朝，唐朝的白瓷占当时瓷器的半壁江山，形成"南青北白"的局面。南方是青瓷，北方是白瓷；南方是越窑，北方是邢窑。唐代政治中心在北方，高科技的东西比较贴近政治中心。邢窑的出现使中国人在陶瓷美学上的造诣大大上升了一步。观复博物馆做过一个《瓷之色》的展览，展出了很典型的邢窑作品，其中有一件白罐子，做得非常盈润。今天你看到它，感受不一定非常强烈，但是设身处地想象一下，在 1300 多年前，它带来的感受是非常有冲击力的。邢窑以其"白"在唐代傲视同侪，唐明皇下令在器底刻"盈"字，标榜金贵，在某种意义上来讲，已经确立了官窑的雏形。

30 年前，我喜欢陶瓷的时候，全世界写有"盈"字款的仅有三件。20 世纪 90 年代我去香港，在一家著名的古董店里看到一个刻着"盈"字的碗，一看就知道是真的，心里忍不住狂喜。当时价格很高，跟店家商量半天，费了很大劲才买下来。那时我以为我买下的那件是老四，现在连四百都排不上了。因为带有"盈"字款的邢窑白瓷后来挖得特别多，我凭感觉统计了一下，现在流散在市场上以及各个文博单位的白瓷，带有"盈"字款的大概有上千件。

"盈"字款的东西，当时的地位很重要。唐明皇用自己的私库——百宝大盈库里的珍宝赏赐大臣，当时一个白壶就跟现在的高科技产品差不多，所以皇上才会送给大臣。白瓷对中国陶瓷的贡献，在唐代，尤其是邢窑，确实是划时代的。直至唐代后期、五代，到北宋初年，白瓷都有着至高无上的地位。

到了五代时期，邢窑就逐渐演化成了定窑，定窑是五大名窑里最老的。定窑的白跟邢窑的白是不一样的。邢窑有点偏青，定窑偏牙黄色。邢窑使尽浑身解数，唯恐器具不白，而定窑则轻松上阵，游刃有余地将白淋漓尽致地表现。定窑之白与邢窑之白的区别不是技术上的革命，而是思想上的飞跃。

再往后，就是元代，由于景德镇的异军突起，元代白釉移师景德镇。白瓷在此大展身手。枢府白釉与邢窑相反，不见素器。元人很难理解朴素之美。当商业、科技越发达的时候，人就越趋向于俗，这是一个规律。

到明代以后，永乐甜白瓷声名远播，是明清以后瓷器的一个典范。清代康雍乾鼎盛时期，一直追摹永乐时期的甜白。"甜白"这个词不是在永乐时期出现的，一直到明末才出现。这不是一个偶然，跟古人制糖的历史有关。过去中国人吃的糖都是黑糖、红糖。到了明末，黄黑色的糖可以提炼成白糖的时候，就有了对永乐白瓷的这种描述。甜是一种感受。当时永乐的白瓷，其实并不白，如果拿色标做对比，是泛青的，所以甜白是内心的感受，而不是真实的、科学的颜色。我们对一个事物的感受，总有一个度，从艺术角度上来讲，这个度很难明确划在哪里，不能用科学的术语表达。

乌衣巷口夕阳斜——黑釉

　　再看看黑釉。黑釉在东汉时期就出现了，最早的黑釉已经非常黑了。釉的含铁量超过 6%，就是黑色的。唐代有很多的黑釉，但还不是一种带有强烈意识的美学追求，像耀州窑在唐代也烧黑釉，但是感觉上还是无奈之举。

　　到了宋代，黑釉已成为一种追求。但是，什么时候用黑，什么时候不用黑，古人是有感受的。定窑本来是烧白瓷的，但是也烧黑釉，叫黑定，也叫墨定。宋代黑盏流行，比如福建建窑茶盏，为什么是黑的？跟古人的饮茶习惯有关。唐朝的饮茶，里面是加佐料的，可以加姜、盐、蜂蜜，有点像今天喝的菜粥，连茶叶一起喝下去。到了宋代，提倡喝纯茶，就是把所有可能有异味的东西去掉，没有佐料，保持茶香。宋人喝茶的过程非常漫长，在点茶以后，茶叶会出很多的沫，沫会挂在茶盏壁上，从挂杯时间的长短，可以看出茶和点茶技术的好坏,跟啤酒的道理一样。还有就是,黑色的茶盏保温,喝茶的时候先用火烤一下,很长时间都是温的。

到了元明,除了民间使用的黑瓷,黑釉已经不是一种主动的追求了。元人尚白、尚蓝、尚红,这三种颜色成为元代的高贵之色,黑色只在民间悄悄生息,不显山水。明代的黑釉没有走出永乐朝,后面彩瓷以及其他颜色釉的发展,使得黑釉在明代昙花一现便匆匆消失。

到康熙的时候,出现了著名的黑瓷,叫乌金釉。乌金本是煤的称谓,用在黑釉瓷器上既传神又富有文学性。乌金釉在康熙一朝只是灵光一现,晚清的时候,很多外国人来找乌金釉,后来中国人从欧洲买来的乌金釉,基本上是当时出去的。

春色满园关不住——青釉

我们瓷器釉色的另一个大项,就是青釉。青瓷是瓷器的鼻祖,宽泛点儿说,原始青瓷商代就出现了。为什么叫原始瓷?从很多数据上说,比如说烧造的温度比较高,硬度也比较高,敲击的声音比较清越,吸水度降低等,就叫作原始青瓷。这跟现在科学角度上对瓷器的要求是有一点差距的。

早期青瓷显然是无奈之举,古人还不能控制瓷器的釉色，但自然界中普遍存在的铁元素使得釉色天然显青。到两晋南北朝时，青瓷为青釉之色的被动追求涂抹上了浓重的一笔。三国开始，越窑开始初具雏形，西晋青瓷已经有了越窑的模样。

茶圣陆羽对唐代越窑青瓷的评价非常高，如冰似玉，质感非常好。唐代早期的越窑青中闪黄，到了唐代中期，越窑还没能摆脱早期青瓷的自由色系。到了中期以后，越窑质量大幅提高，明显可以看出工匠已经能有效控制越窑之青。

越窑的发展最终成就了秘色瓷。秘色瓷，历史上一直有记载，但后人看到实物是 1987 年的事儿。法门寺塔基极为偶然的挖掘，使得困扰了国人千年的秘色真相大白。一本《衣物账》，记载了十三件秘色瓷。所谓"秘色"，简单来说，是一个秘密的颜色。它不是一个具体的描述，这个颜色其实是青色中略带一点灰。这种颜色，要不是当时的刻意追求，是没有办法使青色烧得更为漂亮的。唐人严谨的工作态度，把困惑了许久的秘色从世界各个博物馆中剥离，重新展现人间。

青色是一个主观的颜色，不是客观的颜色。当看到绿色的时候，才知道是一个客观色。宋代五大名窑，除定窑之外，其他的几个窑口，汝窑、官窑、哥窑、钧窑都属于青瓷类。

　　再有就是柴窑，有记载说得很清楚，柴窑出在北地。学者们曾纷纷解释北地在哪里，细查历史，北地确有实际的地名——北地郡，就是耀州窑辖区。大致说来，柴窑应该是陕西耀州窑系，至少是这个标准。我们看到五代耀州窑的青瓷非常漂亮。最近耀州窑有一个地方出土了很多残件，不能想象一千年前的瓷器已经烧得那么漂亮了。

　　南宋政权迁都临安，就是今天的杭州，政治中心的转移，导致了历史上科技布局的重新开始。龙泉青瓷到了南宋以后，质量得以迅速提高。接过北宋青瓷的班，南宋龙泉青瓷一反越窑、耀州窑的深沉，以亮眼的梅子青粉墨登场。龙泉窑烧得很漂亮的时候，越窑就被市场淘汰了。唐及五代至北宋以来的南北两大青瓷系统此时都顶不住龙泉青瓷的天时地利人和。我们如果看四川遂宁出土的龙泉青瓷，一定会叹为观止！

　　龙泉青瓷在北宋时釉是透亮的，南宋时，是不透亮的。它包含着地域特色，耀州窑是橄榄青，龙泉是梅子青。北方人粗犷，颜色深沉；南方人细腻，颜色柔美。一种文化的生成，背景非常重要。南方的人不欣赏很重的颜色，觉得太沉了，尽可能让这个颜色提亮，变得取悦于人。

玉碗盛来琥珀光——酱釉

我们再看酱釉。酱釉是一种追求，它不是天然生成的颜色。严格意义上的酱釉，宋以前没有出现，宋代为什么出现酱釉？主要跟漆器有关，漆器以前有极高的社会地位，是贵族们使用的。由于陶瓷成本低廉和良好的实用性，宋以后漆器减少，有的话也是其他功能，不是做餐具的。

历史上有很多专门的窑口，定窑就是白瓷，耀州窑就是青瓷。但酱釉没有专门的窑口烧造，是其他窑口代烧。定窑烧过紫定，就是酱釉。酱色的耀州窑号称红耀州。还有杂七杂八的窑也烧。有一个很奇怪的现象，酱釉一出现，它在夹缝中生存，量不大，但是一直有。而且到了清代以后，尤其雍正乾隆时候，酱釉的地位开始提升，到了这个时期，酱釉的名字都变了，叫紫金釉，因当时景德镇酱釉配方使用紫金土而得名。

这时候文化现象就出现了。中国清代的官窑，从顺治开始，康熙、雍正、乾隆、嘉庆、道光、咸丰等十朝，鼎盛时期是乾隆时期，官窑品种、色釉高峰期有上百种，此后依次递减。到了宣统一朝，清朝最后三年，陶瓷的品种就剩寥寥几个，多数品种没能坚持到终点，但其貌不扬的紫金釉却从未断档。

　　酱釉颜色不悦目，自宋到清，也没有一个专门的窑口烧造，地位也不够高。为什么一个看似不那么讨好的釉色，能够留到最终？酱釉很有意思，不与其他争锋。说它浅也不算，深又深不到头，你进他退，正是这样的处世哲学，使得最后的封建王朝拉上大幕的时候，居然就剩下它了。

摘尽枇杷一树金——黄釉

　　天地玄黄，国人自古就对黄色有非常明确的认知。

　　汉晋黄釉属于釉陶，汉代铅釉多为绿釉，含铜而绿，少量为黄釉，含铁而黄，汉代黄釉带有褐色，偶见棕红，并不纯正，但是开陶瓷黄釉装饰的先河。隋唐时期，黄釉有两类，低温以三彩为主，高温以寿州窑为典型。此时黄釉色彩逐渐纯正，不闪烁、不暧昧。

　　辽代黄釉的时兴和辽代盛行金属器有一定关联。渔猎民族逐水草而居，日常生活中喜用金属器，金属器以黄金为贵，辽代黄釉具备一定市场，独立生存。黄釉在唐、在辽都闪烁着充满暖意的光芒，在红釉出现之前，是最具暖色的颜色。但在宋代黄釉似乎忽然消失，零零星星，犹如悬崖上的小树，长不大也死不了。

到了元代，黄釉也没有得到统治者的青睐。陶瓷对黄釉的追求到了明清，开始骤变。尤其入清之后，黄釉成为皇家专属，变得至高无上，百姓只可望尘。陶瓷中，唯有黄釉，皇朝不与百姓共享。

春来江水绿如蓝——绿釉

绿釉跟黄釉一样，都是铅釉开始的。宋代曾有绿定。绿定的残件，20 世纪 50 年代就能看到了，完整的今天几乎没有人认。现在老说康乾盛世，康熙后期的时候，国家经济实力开始提高了。当时大量的瓷器都在烧造，其中就有郎窑绿。郎窑绿玻璃感极强，古人称之为"苍蝇翅"，不悦耳但很形象，釉面带有网状的开片，很细腻。

我买过一件郎窑绿的梅瓶，上一任藏家是道格拉斯·瑞恩，大部分人不知道他是谁，但他的同事很有名，叫白求恩。道格拉斯·瑞恩跟白求恩一块来到中国，新中国成立以后，回了加拿大。瑞恩是脑外科专家，他一直收藏中国瓷器，去世以后，留下 400 多件瓷器，在他们家的车库放了很久，后来被拍卖行发现拿回北京拍卖。我在那次拍卖会上买了十几件东西，其中就有一件郎窑绿的梅瓶。

和青釉不同，绿釉是一种客观之色，在陶瓷之路漫长的表达上一直不卑不亢。在绿和青之间，一客观一主观，一低温一高温，一观赏一实用，从哲学层面、技术层面、美学层面，都恰到好处地说明了人类文明进程中同一事物的两面。

万般红紫斗芳菲——红釉

让红釉依附于陶瓷之上，对古人是个天大的难题，原因是红釉的烧成条件非常苛刻，往往是偶然生成的，让工匠总结的机会很少。在千度以上的高温区，只有铜元素能让瓷器呈现真正意义上的红色，但呈色的宽容度非常窄，温度过高或者过低，铜红色都不会出现。

真正纯粹意义的红色一定诞生在元朝。宋金时期钧瓷的红颜色，从某种意义上来讲，一定不是主观追求的，是偶然出现的。而红釉在元代的出现，绝非偶然。首先是景德镇具备了红釉生成的条件，其次是元人尚红。元代娴熟地烧成了红釉的高足杯，非常高，为什么？因为要一个手攥着用。

我曾经问朋友一个简单的问题，去一些地中海国家，希腊、埃及、土耳其，两千年以前的酒具都是两个把拿着，中国汉以前，就是两个耳，双手持杯。为什么今天单手持杯跟人家碰杯呢？就是因为高足杯，游牧民族要骑在马上，一手持马鞭，一手拿着杯，人们慢慢就学会了这个感受。双手持杯还跟酒量有关，过去酒量比较大，因为酿造酒度数比较低。今天的白酒都是蒸馏酒，是非常晚的事情了，到元代才出现。

　　到了明朝，永乐红釉其红通透，鲜红如血，告别了元末明初红釉色调暗且不透亮的历史，那个红色极其含蓄，有很多想象空间，不是一览无余的。我们今天看到市场上有很多的中国瓷器，一点空间都不给，非常薄，不是物理的感觉，而是内心的感受。红之刺目，让人难以忍受。中国的古代红瓷不是这样的，是有很多内心感受的。所以永乐时期的鲜红，看到的时候，才知道什么叫鲜红。到了宣德，红釉之红开始沉着，如"初凝之牛血"，红釉至永宣，攀上高峰，前无古人，后无来者。

　　清代，郎廷极在康熙晚期成功烧造的红釉，直逼永宣，让红釉好到能以他的名字命名——郎窑红。郎廷极在郎窑红创烧的同时，还恢复了霁红，创烧了豇豆红。此外，还有珊瑚红、盖雪红、胭脂红等，红釉在康乾盛世百花盛开，推陈出新。

影落明湖青黛光——蓝釉

　　在中国古代文明陶瓷之路上，蓝釉出现得几乎是最晚的。唐代之前没有丝毫蓝色的釉彩迹象。直到唐早期，唐三彩的出现才让蓝釉谨慎登场。

　　蓝色不是中国古人的吉祥色，蓝色文化是西域带给我们的，是伊斯兰文化，去土耳其看一下蓝色清真寺，就明白了。受伊斯兰艺术的影响，元朝人开始对蓝色追逐，蓝釉在元朝迈出了划时代的一步，它的出现一直延续到清朝末年，几百年里虽然有起伏，但从未间断。

　　元代蓝釉除以描金形式出现，更多的是露白填白剔刻。最著名的有蓝釉白龙梅瓶。元代的白龙梅瓶，据统计，目前全世界范围内已知公开收藏的只有三件，分别收藏在北京的颐和园、扬州博物馆和法国的吉美博物馆。颐和园和吉美博物馆收藏的两只梅瓶，尺寸都略小，而且都有瑕疵。扬州博物馆的那只又大又好，堪称精品中的精品。据说早年还有一个，和扬州博物馆那只是一对，不过有点毛病，口上有磕碰。当时文物商店收了好的，坏的没收，卖的人出了文物商店，见有个垃圾堆，顺手就把那只有残的白龙纹梅瓶给扔了。再往后，这瓶子就下落不知了。

　　明朝初年，蓝釉作品不多。到了宣德时期，蓝釉不仅多见，而且釉色光亮如宝，蓝色幽翠，声名远播，也是在此时，洒蓝意外诞生。从明代宝石蓝到清代的雾蓝、天蓝、月白等，蓝色浓烈程度依次递减，月白色是最浅的蓝。

为有源头活水来——官釉

前面我们提到，"盈"字款开官窑先河，是官方的代表，秘色也是官方的态度。到了宋代的时候，宋代的礼学、皇帝的个人爱好，使瓷器由白变青，白瓷流行时间过长，之后就没有兴趣了。北宋的汝窑、官窑都是青色，皇帝非常喜欢，皇帝希望跟上苍沟通，要写青词，对青灰色非常感兴趣。宋室南迁以后，依然沿袭这个追求，除了美学以外，还有很多哲学思辨乃至政治学的思考。所以说，中国陶瓷美学的高峰在宋代不可逾越。元明清以后所有官窑的仿制，都是一层皮，不再想内容了，因为没有了那种感受。

淡妆浓抹总相宜——色斑釉

刚才讲的都是纯色。中国人在颜色追求上有色斑，色斑更抽象了。中国人抽象能力非常强，中国文字是一个抽象的过程，我们的文字是象形文字，但是大部分文字都是抽象出来的。在唐朝以前，陶瓷不见标准意义的色斑，因为它不是一个追求。大面积的色斑，不是我们自己的审美。

到了唐代，受西域文化的影响，色斑急剧增加。宋以后的点彩、铁锈斑等，看得出来是主动的追求，但是这些延续不下去，中国人不是很喜欢，白瓷上点三个点，会认为是烧坏了，不觉得好。元朝时，龙泉青瓷中点过褐斑，后来日本人叫飞青，捧它为国宝。但我们古人不喜欢。为什么？因为不好看，我们心理不接受，这些就流向了日本。

国家强盛的时候，人们眼界比较宽，审美也比较宽。清代康熙的时候，我们能看到色斑的作品，虎皮三彩等都是创新品种。这绝不是偶然，而是一种心胸。

除了色斑还有仿生瓷。过去陶瓷是追求人工，不追求自然。当人工能够游刃有余地操作的时候，就开始追求自然，开始仿自然的纹理。唐代、宋代都有仿生，到了清代就无所不仿，做到了极限。

换一种角度解释陶瓷的成因，是我长久以来试图做的。釉色是陶瓷的外衣，色彩缤纷，成长分先后，有的贯穿始终，有的昙花一现。过去我常常被其困扰，弄不明白，遂惦记在心，许多问题不是一夜想通的，积思顿释，功夫到了，终于有一天恍然大悟，柳暗花明。

2011 年 9 月　中央美术学院

《瓷之色——中国古代颜色釉瓷器展》展览现场
观复博物馆 2011 年

　　换一种角度解释陶瓷的成因，是我长久以来试图做的。中国陶瓷太丰富了，五千年来一直伴随中华文明的成长，倚靠在中华文明丰厚臂膀上得天独厚，由一棵弱小的幼苗长成参天大树，枝繁叶茂，泽及子孙。我们不过是享受这福泽的后人，在懵懂中陶醉，坐享其成。

听，颜色

　　各位嘉宾大家好，我受 APEC 青年创业论坛的邀请，为大家发表 30 分钟的演说。30 分钟对于我这个常年演说的人来说时间太短，但是只给了我 30 分钟。希望以后有机会和大家有更多时间的交流。

　　今天这个讲演的题目是《听，颜色》，不是看的，是听的。我们从大屏幕上最后那个白头发的老头儿讲起。他在年轻的时候就是一头白发，我是随着年龄增长逐渐变白的。白色是一切颜色的起点，严格说白色是没有颜色的，按照中国人过去的说法就是"可画最新最美的图画"。我们作为创业者，都是从白色开始行进的。

　　我前两天听了易中天先生的一个讲演，讲的是世界版图的分布。他用颜色来代替目前全世界的三大块主力：第一是文艺复兴以后的西方，他用绿色来表示；第二是伊斯兰国家，他用蓝色来表示；第三就是崛起的中国，他用黄色来表示。

　　我们今天看世界版图能够清晰地看到这三种颜色的分布。西方从英国资本主义革命成功以后不停地扩张，现在全世界大块的国土，美国、加拿大、澳大利亚都是它扩张的结果。从某种意义上讲，到 19 世纪，它的版图扩张就基本完成了，最后一块难啃的骨头就是中国。1860 年英法联军打入中国的时候，遇到了中国人强大的文化抵抗。我老说我们中国人的文化基因很好。我们的象形文字是世界上唯一读意的文字，稍加训练每个人都可以读懂两千年前的文字。我们今天看孔子的书基本上不会太费力气，其他的语言都做不到。所有记音的文字往前推五百年阅读起来都会非常吃力，而中国人的信息传达横跨两千多年没有障碍，这就是我们的优势。

　　今天我们的世界在信息和科技两大革命的催生下，所有的制度都会发生变革。第一是政治制度。所有的国家，不管是议会制的国家还是中国特色的社会主义国家，所面临的社会制度和政治制度的变革都迫在眉睫，西方社会遇到了巨大的社会问题。前一段时间，有几个美国人和我聊天，我就和他开玩笑说：你看看这个世界，希腊要破产了，西班牙到处借钱，英国法国打砸抢烧，连瑞士也发生了这样的事，资本主义发展了 200 多年，为什么如此发达的社会制度却连"我要工作"这样基本的诉求都没有解决呢？所以在信息与科技两大革命中，第一个发生变化的是政治制度，我们有可能看到第三种政治制度出现，推进人类文明的发展。

　　第二是经济制度。各国的货币制度，不管是金本位、银本位还是贵金属本位，都有一个标准，这个标准曾经统一到金本位之下。1971 年，美国人单方面宣布与黄金脱钩，外交辞令叫"关闭黄金窗口"，由金本位转为了信用本位。为什么要关闭黄金窗口呢？是因为美国国库里面的黄金由战后的 25000 吨降到 8000 吨，所以当英国人来提取相当美元的黄金时，它就关闭了黄金窗口，把货币制度改为了信用制度。这个制度到今天才四十多年。四十多年，我们的信用制度已经变成了比"胳膊粗"，谁胳膊粗谁说了算。最近我们看到日元的迅速贬值，每天一个价钱。各国的货币政策都是量化宽松政策，国家拿出全部信用来拼搏。我觉得在今天信息如此畅通的社会中，如果没有一个能受量化的本位制，我们的整个金融系统可能会发生想象不到的变化。

　　第三是军事制度。人类的文明史是一部不文明史，战争时间多于和平时间。战争由最初的冷兵器时代发展到热兵器时代再到热核武器时代，下面会发展成什么样呢？一定又回归为冷兵器时代。你们不要看全世界都在进行大规模的军备竞赛，有航空母舰在海上游弋，洲际导弹可以打到地球任意一个点。但只需半个世纪，最多一个世纪，人类的武器就会变成一个很小的玻璃瓶，一个人可以随身携带的基因武器。理论上50克可以灭绝70亿人类，所以我们未来的战争以及战争威胁变成什么样子，是今天信息和科技革命的结果。

第四是婚姻制度。家庭是这个世界最小的一个单元，不管什么样的国家，政府都希望自己的国民结婚生子，因为这样会比较容易管理。如果一个社会没有人结婚，这个社会是极为不安定的。不幸的是，今天全世界基本认可的一夫一妻制在崩盘。数据表明，中国大概到2009年家庭不再增加，每年结婚和离婚的数相当。我看到一个数据，美国人的结婚率不足40%。维持这个世界的政治、经济、战争和婚姻制度都即将发生变革，处在这个节点上，我们该如何应对？

从某种角度上讲，我们是非常幸运的。大约在1万5000年前，人是一个濒危物种，非常侥幸地生存下来。这个星球有1亿人的时候大约是2000年前，这时我们开始壮大，大概每200年增长1亿人。人类用了2000年的时间由1亿增加到10亿，但是由10亿增加到现在的70多亿，只用了100多年的时间。人类增长的图表是异峰突起的，这个异峰突起是所有统治过地球的物种灭绝的前兆——异峰突起，然后迅速灭绝。那地球上到底可以容纳多少人呢？有专家估计是150亿人，是目前的大约两倍。我们今天面临的所有问题，都是人类冲破了地球的平衡圈，我们在这个星球上不再受到制约。在100多年前，我们还是生物链中的一环，可能被狼、老虎吃了，但今天人类愿意吃谁吃谁，想让谁灭绝谁就灭绝。从生物学的角度讲，越接近人类的高等动物越容易灭绝，离人类生命状态越远的越容易存活，所以我们面临的问题就非常的复杂。按今天动物学家的估计，地球上的生命进入了第六次物种大灭绝，人类没有办法控制这个局面。

中国的文明是世界上四大古文明中唯一延续不断的，主要就是依赖我们的文化基因——方块字。一旦学好了方块字，就终身受其影响。你就会有一个形象的思维，就会变得非常圆滑，跟西方人的思维状态完全不一样。比如很多人都有这种经验，几个人在饭桌上热火朝天地谈生意，最后酒足饭饱之后，双方一分手，马上就心里嘀咕：那孙子到底什么意思呀？这就是中国人。你很难知道他到底是怎么想的。他的点头和貌似答应的话语都不代表他的态度，这就是我们的文化，使我们变得非常圆滑。

中国人心胸是非常宽的，为什么？我们的历史是在农耕民族和游牧民族不断的交流和冲突中前进的，汉族向游牧民族学到很多东西。我们的文化中有 80% 是学来的。两千年前中国人是席地而坐的，所以汉语词汇中保留了一些原始的痕迹，比如主席、席位。我们向游牧民族学会了高坐，视野就变了，而我们周围的国家还是席地坐。再看吃饭的方式，到明朝的时候我们的古人还是分餐制，各吃各的，现在的共餐制也是向游牧民族学的。

谁讲历史都不如说书先生说得好：天下大势，分久必合，合久必分。我们的历史就是这样，几百年的统一后一定有一次混乱。秦汉以后有三国两晋南北朝，隋唐以后有五代十国，后来宋朝建立，其实宋朝没有完全统一，它和当时的辽国和西夏构成了后三国时代，后来又和金、元并立。赵匡胤陈桥兵变黄袍加身，一夜登基为帝。做了皇上以后，他向赵普问治国之策，赵匡胤问赵普：五代十国以来，皇帝换了十姓，兵戈不息，生灵涂炭，什么原因？我们该怎么办？赵普号称"半部论语治天下"，回答一针见血：原因简单，君弱臣强。办法也很简单，强干弱枝。这开启了宋以后的中央集权。得益于此，保证了中国后一千年不再分裂。

赵匡胤虽出身行伍，但他定了一个国策：不杀士大夫。他老了以后有人拍他的马屁，送他一个手杖。这个手杖不简单，紧急情况，拔出来就是一把利刃，可以自己保护自己。

赵匡胤说：我身为一国之君，如果需要自己保护自己，这事态得有多严重？这句话不是每个人都能听懂的，毛泽东就听懂了。毛泽东从战争时期到和平时期没动过枪，他拿棍，延安的时候拿一木棍，新中国成立以后拿一竹竿，这根竹竿在许多照片中都可以看见。

我总说"历史没有真相，只残存一个道理"。天下的事什么最大？道理最大。读史，历史的真实不重要，不要强调哪个历史是真实的。你们相信历史有真实吗？不要说久远的历史，两千年、一千年，乃至五百年、一百年，乃至我们今天所有人的创业史，谁能说清楚？我见过很多创业者，当他们创业成功或者公司四分五裂的时候，每个人的说辞都有一套版本。历史是无法说清楚的，也没必要说清楚。但是一定要知道历史遗留下来的道理。道理对终生有用。

我们今天的讲演题目是《听，颜色》。颜色本身是看的，我写过一本书，叫《瓷之色》，把瓷器的各个颜色的成因写了出来。有很多中国古代瓷器的颜色，不是自己本来有的，是我们古人向别人学来的。比如青花，不是中国传统的一个吉祥的颜色。但是当西部的驼铃把伊斯兰文明带进中国的时候，古人欣然接受了这个颜色。北京日坛、地坛、天坛、月坛，红、黄、蓝、白四色代表了我们民族的基础颜色，红色日，白色月，蓝色天，黄色地，这四种颜色是我们民族的主色调。

　　我们现在有很多创业者，中国人有强烈的创业意识，不管多大的老板都特别忙。我们民族做事比较着急，我推荐大家看一个片子，叫《日本的长寿企业》，可以看看对我们创业有什么启示。世界上延续 200 年以上不改初衷的企业为长寿企业，全世界约 4000 家，日本 3000 多家，德国 400 多家，剩下所有的国家全归在一起就几百家，这个数据一定不是偶然。我们中国一共 15 家，这样的数据可以表明一个民族的心态。我去日本看到一个小小的餐馆，2 张桌子，8 个凳子。老太太满头银发，端上来一碗面，至少 5 代人，没有扩张，就做一个餐馆。中国人呢？第一碗面端上来的时候想到的是融资，油盐都还没放准呢，第二碗就考虑上市了，这就是我们的心态。

　　中国人常说一个人要耳聪目明，什么是耳聪目明呢？古人说过："聪者听于无声，明者见于无形。"

　　谢谢大家！

　　　　　　　　　　　　　2013 年 APEC 青年创业论坛

我在土耳其托普卡帕皇宫端详着来自中国的青花瓷

今天，全世界都知道青花是我国的国粹，已有七百年的历史。元青花是中华文明、伊斯兰文明与蒙古文明三者的结晶，它把农耕文明与游牧文明相联系，使用我国传统而优异的制瓷技能体现伊斯兰文明的金属技能，用伊斯兰文明艳丽的蓝色改动国人固有的审美兴趣，这一文明的联系空前绝后，让咱们坐收渔利。

故都北京

　　我们中国人都有一个祖籍的概念。我的祖籍是山东，但我从小没有在山东成长过，我生在北京。所以填表需要写籍贯的时候，我有时候会填上北京。一个人在哪里出生、成长是非常重要的，你会深深地烙上这个城市的文化烙印。我在北京出生、成长，北京对我的影响非常深远。

　　北京是个非常古老的城市，春秋战国时期它曾是燕国的都城，叫蓟。金代在这里建都时叫中都，元代叫大都。明代永乐皇帝迁都北京之后，北京成为明清两代的皇宫所在地，我们今天仍能有幸看到，就是紫禁城。中国历史上还有很多有名的宫殿，比如阿房宫，比如长安的大明宫，这些都没有保留下来。紫禁城是宫城，"紫"代表高尚，"禁"表示皇家禁地。紫禁城有四个门，南边午门、北边神武门、东边东华门、西边西华门。

宫城之外是皇城。北京的皇城有四个门：天安门、地安门、东安门、西安门。可惜今天就剩下天安门了，西安门、东安门早早地就给拆了；地安门原来叫北安门，现在只剩下地名，门在我出生的前一个月给拆了。

再往外就是内城，相当于今天大约二环路的位置。内城有九个城门：东西各两个，北边两个，南面三个。东边朝阳门、东直门，西边阜成门、西直门、北边安定门、德胜门，南边是宣武门、崇文门、正阳门，正阳门就是北京人常说的前门。过去北京人认为出城了，就是指出了这九座城门。这九个城门，今天只剩下一个德胜门，其他的我现在只能从两个地方看到了，一是当时的照片，还有模型。第二就是拼命从记忆里回忆它。九座城门中拆得最晚的是西直门，那是中国非常非常罕见的方瓮城，1967年、1968年修地铁拆的。如果有机会去平遥，还能看到那种小的瓮城。有机会你也可以去先农坛北京建筑博物馆看一个沙盘，那个沙盘展示了当时完整的北京城，那是全中国最好看的沙盘。北京有很多方言，只有去深究的时候才知道原来是这么回事。比如北京人常说："你这人去哪了，怎么四九城都找不到你？""四九城"是什么意思？过去我都没有深究过，后来一深究才发现

"四"是说皇城的四个门，"九"是内城的九个门，所以是四九城。

内城往南就是外城了。北京的外城有七个城门：最正面永定门，希望国家永远安定；永定门两侧是左安门、右安门，东面广渠门，西面广安门，北面东便门、西便门，一共七个门。还有一个门，位置在今天的正阳门到天安门之间，过去改朝换代的时候没有任何人敢动它，这个门明朝的时候叫"大明门"，清朝入关以后叫"大清门"，民国的时候改名叫"中华门"。当时还有一个小故事，这匾额是石头的，表示江山永固，有人花大力气把它弄下来，想翻过来刻上"中华门"，结果翻过来一看，背面是"大明门"——清朝已经翻过面了，只好连夜赶制一个木匾，写上"中华门"。这门后来也被拆了，我们今天只能从照片上看到这中华门了，非常可惜。古老的北京曾有过巨大政治和经济作用的门有四十七个，现在只剩下了一对半：一个正阳门，就是前门楼子和它的箭楼，还有德胜门，永定门是我们复盖的。

我小时候北京的城墙都还在呢。北京的城墙有多宽呢？四辆卡车可以并排行驶，有二十米宽。当年梁思成先生说城墙可以改成人民的公园，人们可以散步、打牌、下棋，可惜我们今天只好回忆了。城墙恢复不了，就剩下东便门的一点，现在叫北京明城墙遗址公园。那是当年四九城包括外城中最不重要的位置。过去供应北京的被认为不重要的事会从这儿走，比如拉粪的车、拉煤的车都从这儿走，大门不让进。进城的人多的时候，就需要等，一等少则三天，多则半个月。没招儿的，就在城墙底下搭窝棚，等着排队进城。这窝棚越搭越大，由临时建筑变成了永久建筑，就把后面的城墙堵在里头了。前些年城市改造，拆除棚户区，一拆才发现咱还剩点城墙，就这样东便门这最不重要的地方留下这么一点残垣断壁。后来政府投了很多钱，又跟老百姓征集了很多砖，在那儿修了一个城墙遗址公园，把那一段城墙展现给大家，让我们还有机会去怀念古老的北京。如果按照当年梁思成先生的方案把老北京完整地保留下来，今天在全世界范围内，北京就是一座价值连城的城市，其文化价值不可估量。

旧时的北京城是一个方方正正的城市，给我的印象就是大气、规矩。北京人的方位感特别强，相声里揶揄北京人，说的是夫妻两个人在床上感觉有点儿挤，丈夫跟妻子说"你往南一点"，这就是北京人。改革开放以后，我经常在祖国各地出差，很多地方指路都说左右，北京人都说东南西北，冲东走，向南拐。这就是历史上规划出来的城市和自然形成的城市不一样的地方。规划出来的城市都显得比较方正，横平竖直。

北京有些街道的名字很有意思，比如东四和西四有一种胡同，不叫胡同，叫"条"，这在北京的地名里也是非常少见的。小时候我的姥姥家就在东四六条，东四六条南面就是东四五条，北面就是东四七条。20世纪80年代的时候我在出版社工作，我们出版社在东四十二条，很多人给出版社寄信的时候写的是"东42条"。之所以这么写，是因为他不知道北京这个地名的来历。

明朝的时候，在今天的东四、西四的十字路口这个位置，东西南北方向各建了一个三间四柱三楼式有戗柱的木牌楼，因为在皇城一东一西，所以全称就叫"东四牌楼""西四牌楼"。东四牌楼、西四牌楼各往南边一个路口，也各有一个牌楼，因为是单个，所以叫"东单牌楼""西单牌楼"，横跨在长安街上。我的上两辈人不说东四、西四，而说全称——东四牌楼、西四牌楼。当这些牌楼因为城市建设被拆掉以后，这个名称就渐渐地发生了变化。现在已经有很多人不清楚东单、东四、西单、西四的来历了。而正是这个来历记录了我们的一段文化，这个文化有时听起来让我们有点心动。随着这些牌楼消失的是一种文化和记忆，我觉得很可惜。

我们今天还能看到的比较漂亮的牌楼在颐和园，快进入颐和园园门的时候有一个非常漂亮的牌楼。我们民族有好多建筑，功能是要表彰古人，表彰古代有价值的人文行为，牌楼就是中国建筑史上非常重要的标志物。牌楼有多重要呢？

你今天去加拿大，去英国，去美国，去澳大利亚，去世界著名的唐人街，它一定竖一个牌楼，全世界的人都认为牌楼就是中国文化。

过去的城门职责非常清楚，比如拉煤走阜成门，因为煤矿在门头沟；运粮走朝阳门；给宫里拉水走西直门，因为玉泉山的水最甜。北京的水碱味很重，所以造成了北京人的一个习惯，就是喝花茶，必须用花来遮这个水的碱味。我小时候花茶最贵的一块钱一两，一般人喝两毛钱一两的。想喝好的花茶又买不起，就买茶叶店剩下的碎末，叫"茉莉高碎"。茉莉高碎有个滑稽的名字叫"随壶净"。一般茶叶沏出水来会剩下茶根，但茉莉高碎由于过碎，每次倒茶的时候茶叶末顺便也会倒到碗里，等喝完了，茶壶也干净了。但就这些随壶净都给很多老百姓带来了乐趣。

我记得 20 世纪 80 年代去苏州的时候，跟苏州人喝清茶，觉得这茶怎么这么好喝呀！在北京没喝过。苏州人讥笑我说："你们北京人不会喝茶，茶叶里哪能放花呢？"茶叶是一个非常容易吸收异味的东西，加上花就是花味，茶的味道就被遮掉了。所以我很早就改变了喝茶的习惯，喝绿茶、乌龙茶、红茶，不愿意再喝花茶了，觉得它异香过重。

除了花茶，北京还有豆汁儿、炒肝儿、灌肠、卤煮火烧、门钉肉饼、白水羊头等，这些都是著名的北京小吃。你如果没喝过北京的豆汁儿，第一次喝没有强大的心理准备你绝对咽不下去。所以北京人说你喝不了豆汁儿就不是北京人，但是说实在的，今天大部分北京人都喝不了真正意义上的豆汁儿，绝对喝着是馊的，但却能给你的身体带来无穷尽的好处。

我记忆中的北京是一个灰灰的没有高楼大厦的城市，非常肃穆。走在大街小巷里都能感受到一种亲情。我小时候，姥姥家住在东四六条，每次去看她的时候，从院门口走到后院要走上十几二十分钟，我妈边走边跟左邻右舍聊天，那个时候的人情味非常足。

北京人见面喜欢打招呼说："您吃了吗？"北京人应对这种对话的时候有一套现成的嗑儿："你吃了吗？""吃过了！""没吃家吃去！"若是"吃了吗？""没吃呢"这种情况下，就不会说"没吃家吃去"，而是说"没吃该吃了"。这是一种客套。这种客套是北京人的问候文化，这种文化更多传达的是一种情感，而不是实际的对生活的关怀。

北京人有一个万能的词叫"得"，什么事都可以用这个"得"解释。比如大街上有人掉东西了，别人顺手捡起来还给他，过去不会说"谢谢"，就一个字"得"，这事就齐活了。再比如两个人打架，有人上去劝架，上去就说"得"，这事儿就过去了。我记得小时候做了错事，被家长领去道歉，一进门就说"叔叔阿姨我错了"。大人就说"得"，这事儿就算了了。"得"作为北京口语中的一个万能词，对这个城市的和谐有巨大好处，它包含着一种谅解，有一种宽容。

过去北京城有一种说法：东富西贵南贫北贱。南边由于有很多生意人，非常勤劳和节俭，所以给人的印象就是南边贫穷。我从很年轻的时候就喜欢收藏，那时经常往乡下跑。去乡下一定要早起，四五点钟就起床，早早就出北京城了。那时候往南城走的时候我就有一个感受，同样的时间段，东城的人还没起床呢，南城已经是一片热闹了。南城人比东城人早起一个小时，这一个小时就造就了南城生意人的富裕。我们知道的著名的老字号基本都在南城，为什么？生意人一定要勤快。过去开餐厅叫勤行，不勤快开不了餐厅。

北京收藏最重要的地方显然是琉璃厂，琉璃厂就地处南城，具有商业气息，具备商业基础，大量以此为生的人就聚集在这里，逐渐形成了一种收藏文化。琉璃厂文化的形成不是一百年的事情，是几百年的事情。当康熙皇帝坐定江山的时候，当这个国家蒸蒸日上的时候，当没有了边患之忧的时候，人们开始追求文化享受。我想中国尤其一百年以来的文化名人，不可能没有去过琉璃厂。比如鲁迅，鲁迅的日记里记载着很多他去逛琉璃厂的乐趣；比如陈独秀，他曾经和他的两个儿子在琉璃厂开过几个月的古董店。

　　我们知道的，仅是像王懿荣这样的大学者在琉璃厂发现了甲骨文；我们所不知的，像琉璃厂的一家小店面观复斋，他的主人张樾丞是一个金石篆刻家，一生刻印无数。我举三方印就可以了解这位艺术家的地位：第一方是他为宣统皇帝制的印，叫"无逸斋精鉴玺"；第二方是鲁迅的一个非常著名的藏书章，叫"会稽周氏藏本"；第三方是1949年中华人民共和国即将成立的时候，周恩来总理派人到琉璃厂找张樾丞老先生刻的一方非常重要的印，这方印的印文是"中华人民共和国中央人民政府之印"。这方印是铜印，当张樾丞老先生把这方印交给中央政府的时候，四个角还留有几毫米的铜钉。交给中央政府以后，磨去四角的铜钉，这方印才可以使用。

　　琉璃厂的一个制印家就有如此丰富的历史，可见这条街是个藏龙卧虎之地。我二十几岁的时候以逛琉璃厂为乐，常常可以碰见许多今天已经去世的泰斗级的大家，可以凑到他们身边，跟他们聊天，向他们问一些知识，他们都乐意回答。我在琉璃厂慢慢地加深了对文化的认识，每次拥有一件新的文物的时候都喜不自禁，那种喜悦到今天想起来都激动。

　　北京的收藏市场是一点一点扩张的。先是地摊儿，很多人从外地扛来文物，往地上一搁，仨瓜俩枣的钱就卖了，那时候遍地都是国宝。后来这些地摊固定下来，在鼓楼和钟楼之间的一块空地搭起非常简易的铁皮房，我很乐意去逛，虽然听不到晨钟暮鼓，但是在逛古董摊的时候偶然一抬头，看到钟楼，看到鼓楼，感觉非常亲切。不幸的是当时的社会对这样的摊位是没有需求的，大量的人在这里难以为继，后来摊位就一个一个变成了小吃店，古董市场变成了小吃市场，后来就被取缔了。但是所有的这些积累，从地摊到摊位，到后来北京政府批准成立的古玩城，它传达的是一个官方的态度，是官方逐渐承认收藏文化的一个过程。

　　一个城市特有的文化才是它真正的魅力所在，北京尤其如此。今天回忆和讲述北京城的这些历史的时候，我才知道文化不会永远等待我们，我们必须努力去争取。

　　谢谢大家！

2010 年 5 月　世博讲坛

老照片中的东四牌楼

致中和

　　我不懂中医，也不懂西医，中西医更不懂，那我为什么要到这里来讲呢？是因为百家讲坛给了这个命题作文。在我们的传统文化中，中医是一个很重要的内容，关系到我们每一个人。百家讲坛能用这样的时间向全国的观众来讲述中医的好处，我觉得是一件功德无量的事。我只能站在老百姓的角度来看待中医，看待文化中的中医。

　　我们先从最浅显的道理讲起。老百姓怎么理解中医呢？什么样的病愿意到中医医院看呢？第一是西医认为不是病的病，比如说多梦；第二是西医不愿意看的病，比如汗脚；还有一种情况，就是当西医宣布治不了的时候，我们会去看中医，觉得中医还有一线希望。当然，也有中医宣布不治奔西医的，但是一般情况下，中医很少宣布不治。我有一个朋友，他父亲是红军，很早就参加了革命。1964 年发现患了癌症，确诊无误。当时医生说他时日无多。他有一个将军朋友说认识一个中医，专门治不治之症，不妨一试。有句话叫"死马当活马医"，于是把这个医生从很远的地方请来，看诊配药。据说药喝下去以后，老红军吐得都往外喷，后来居然病就好了，活过 100 岁。当然这是一个极端的例子。

中医的概念

我们今天认为的中医是相对西医而言，西医的概念非常近，是鸦片战争以后才引进中国的。中医也是鸦片战争以后开始使用的，还有其他的说法，比如汉医、国医。20 世纪30 年代，国民党中央政府才作为政府文件正式向社会公布，就是说它的名字成为法定的名字是从 1931 年开始的。

但中医这个名称早在汉代就出现了，是中国人独创的一门医学。我们历史上有很多名医，比如华佗、扁鹊、张仲景、孙思邈、李时珍等，我们今天都能够从史籍中查到他们当时行医的方子和示例。我们有许多著名的医书，《黄帝内经》《伤寒论》《肘后备急方》《千金方》《本草纲目》等。一般说来，中医的"中"是指调和阴阳，保持平衡，致中和。

中医有很多别称，比如"岐黄""青囊""橘井"等。我再举两个常用的例子，一个叫"悬壶"。东汉有一个人叫费长房，想成仙。他发现一个老者白天在街上游荡，晚上趁人不注意就跳到自个儿那壶里去了。他就向这个老者求学，结果修仙不成，但能替人治病了，所以行医又叫"悬壶济世"。"悬壶"就成了中医的一个别称。这个"壶"不是水壶，是葫芦。"你葫芦里卖的什么药"就是这么来的。

还有个别称也常用，叫"杏林"。三国时，有位名医叫董奉，曾住在庐山，医术高明，治好病他不收钱。他说，如果你是小病，就种一棵杏树；如果是大病，就种五棵杏树。没几年，他住的地方就杏树成林，"杏林高手"由此而来。

中西医比较

我们现在比较一下中西医。中医考虑的往往是总体上的，它的医效往往是缓慢的，不是立竿见影的，它注重的是养生，强调的是防御。西医重点是治病，不是养生，强调的是局部，讲究的是速效。中医的缓效跟西医的速效是相对的，不是说中医就一定所有的事儿都是缓效，比如止疼。

我原来患有胆结石，第一次犯是在厦门，我以为是心脏的问题，半夜打了120，被急救车拉到医院。医院给我做完心电图，说没什么事儿，然后输液，到天亮就不疼了。第二次是在杭州，疼痛难忍。我一个朋友拉着我去找了个中医。医生让我躺在床上，拿一个灸在我胸口顺时针画圈。我一开始从心里不相信这事儿。结果特别奇怪的是，一分钟之后我就不疼了。这是我亲身的感受，那个疼痛瞬间就消失了。从那之后我至少相信了"灸"这个医术。

中医的贡献

人类从诞生那天起，最大的敌人就是疾病，这从来没改变过。每年死于疾病的人要比死于自然灾害、战争等其他因素的多。在中国漫长的文明进程中，中医起了很大的作用。

我看到过一个统计，说按照比例，今天中国人人均占有的医疗成本在世界上是非常低的，但中国人的人均寿命达到了世界先进水平，平均七十多岁。这是西方人一开始不解的。因为凡是医疗比例占比低的国家，平均寿命一定是短的，只有中国是一个例外。这明显是中医的功劳。

由于有了中医，我们几千年来的健康生活相对静止。比如西周以前，人能活到五六十岁就算不错了，能达到这个水平的人只有7%，但到了春秋战国，长寿的人就开始出现了。孔子、孟子、庄子，这些都是长寿的人。为什么？

因为这个时期，中国人把"巫"和"医"分开了。我们知道，人类的第一个职业是巫。最早巫是兼治病的，在我们对自然不是非常了解的情况下，巫能提供极大的精神支持。

《论语》说："人而无恒，不可以作巫医。"如果没有恒心和毅力，不可能做巫和医。因为这是专门的职业，需要学习。今天也是，一般大学 4 年，但学医得 7 年，这门学问非常难。原始社会巫更注重的是精神疗法，不要认为精神疗法是伪科学，很多时候精神疗法是管用的。

美国的一位名医有一个著名的论断：人类的疾病 80% 是不治自愈的。我们人类 300 万年的历史，真正有人看病的历史也就 5000 年，前面理论上有 299 万 5000 年，那人类是怎么过来的呢？这就表明了人类战胜自然的能力。

比如有的感冒就是不治自愈的。过去穷的时候，感冒了，熬点儿白菜根、大葱、姜，如果有钱可以搁两勺红糖，喝完病好了。我不是说不重视病，而是人类确实有大量的疾病是不治自愈的。

早期巫医就观察到了动物的自疗。比如猫有时会吃草，可能是在自疗。它可能胃里有不舒服的东西，草可以裹着就拉出去了。我在视频中看过老虎自疗，它受伤以后，居然嚼很多草药涂在伤口上。人类发现了动物会自疗，就模仿，找草药，我们的草药就是这么来的。

中医的局限

讲了半天中医，那中医有没有局限呢？显然是有的，要不然不会萎缩。新中国刚成立的时候，据说中医医院和西医医院的数量是对等的，到今天，西医医院和中医医院完全不成比例，中医少，西医多，但是看中医的人并不少。

中医的局限在哪呢？第一个局限，是缓效，不能做到立竿见影。第二，中医难量化，不像西医，这个药含多少克，什么样的体重吃几片，西医写得清清楚楚。中医很难量化，它是一个医生的经验积累，所以我们愿意找老中医，最好这中医白发蓄胡，一看就觉得踏实。过去挑西瓜都觉得岁数大的挑得好，年轻人一拍就质疑说："你懂吗？"病人都希望碰见好医生，碰见一个良医跟一个庸医，结果完全不同。

还有就是中医吃药比较麻烦。过去自己熬汤药，我不知道别人家，反正我们家老熬煳了。因为熬药时间太长，你又不能死盯着，有时候你干别的，等闻见味儿，晚了。大部分人都有熬汤药痛苦的经历，但现在中医院比较方便了，一个是做成丸剂，还有就是事先熬好密封，回去一热就可以喝。

但是真正的老中医讲，还得现熬现喝。所以比较麻烦。

西医的问题

西医也不是全是优点没有缺点。我觉得西医至少有两个问题。

第一，西药的副作用。比如大量生于 20 世纪六七十年代的人，是四环素牙。小时候一看病，第一个拿来的就是四环素，很多幼儿吃完以后，影响到牙，牙是黑的。四环素牙是公认的西药的一个副作用。再有就是 20 世纪七八十年代，打针打得多的是庆大霉素，造成了庆大耳聋，这是西药的局限。这是我们已知的西药的局限，西药肯定还有很多副作用是我们所不知的。也许不在当代人身上显现，可能会在下一代身上体现，这就非常可怕。

第二，我觉得西药最大的问题是免疫的针剂过多。我记得小时候就打两针，一个卡介苗一个牛痘，完事了。我问了一下，现在的孩子要打很多针，具体多少说法不一。最少的从出生到19岁打26针，最多的打39针，30针左右是现在的一个基本数据。问题是我们人类的免疫系统是经过 300 万年形成的，我们不能以一时之快牺牲了整个的免疫系统。如果这么打下去，我估计再有 100 年人一生下来就得天天打，要不然你就没法活了。这个不是危言耸听，我看到过一个西方的科技报道，说将来的人一定是静脉非常突出的，便于注射，因为不打针就活不下去。我觉得人类要是走到那一步，那真是悲哀。人类 300 万年的进化史，表明了人类战胜自然的能力，这一点我们应该清晰地认识到。所以防御是调养自己的健康状态，这个比较重要。

历史上的最高统治者重视医学

历史上，我们有很多的最高统治者也重视医学。有一个皇帝很有意思，他同时接纳了中西医，就是康熙皇帝。他有个重臣，叫李光地。康熙五十二年，李光地拉肚子，腹泻，康熙在奏折上批说："卿年高之人，泄久自然伤元气，亦不可看得轻了，赫素处有一种木瓜膏，最能治泄，卿即传旨要来，每日不过五、六钱，无论时吃几次看看。还有止泻膏药，此系外治，可以无妨用得。"康熙非常关心李光地，给他推荐了治腹泻的方法，说得非常具体。内服木瓜膏，外敷止泻膏。可以看出，康熙是比较懂中医的，要不然他不能说得那么详细。

康熙四十九年还有一段记载，是说康熙和曹雪芹的祖父。他祖父曹寅，江南织造，给康熙上奏折说："臣今岁偶染风寒，因误服人参，得解后，旋复患疥，卧病两月有余，幸蒙圣恩，命服地黄汤得以痊愈，目下服地黄丸，奴身比先觉健壮胜前，皆天恩浩荡，重赐余生。"曹寅不小心得了感冒，误服人参，因为人参热，得了疥疮，卧病两个多月。康熙帮他开了药——地黄汤，他服完就好了，好了以后就继续服地黄丸，身体比原先健壮了。请注意这一点，就是中医的"养"。病好了以后要继续调养。然后他在后面写道："江南太平无事，米价如常，所有十月晴雨录，一并奏文，伏乞睿鉴。"

皇上通过和曹寅这样的人的书信往来，了解了南方的一手资料，包括天气的情况、米价、老百姓的心态等。然后康熙皇帝朱批，说："知道了。惟疥不易服药，倘毒入内，后来恐成大麻风症，除海水之外，千万不能治，小心小心。土茯苓可以代茶，常常吃去亦好。"我们以今天的医学来看，很有意思。土茯苓清热解毒，今天解毒药方还是以土茯苓为主。海水浴是可以消毒的。从今天的科学角度看，康熙给曹寅提供的医治疥疮的方法还是颇为有效的。

康熙在40岁时得了疟疾。疟疾我们今天很少有人得，俗称打摆子，很难过，一会儿高烧一会儿低冷，当时中医治不了，没办法。但西医带来的金鸡纳霜，就是"奎宁"，给他治好了。治好了以后，康熙就非常重视西医。康熙皇帝在一份奏折中批道："西洋来人内，若有各样学问或行医者，必着速送至京中。"我讲瓷器讲家具时都说过，康熙是个非常好学的皇帝。他认为医学非常重要。样板戏《沙家浜》里有一出：十八个新四军伤病员躲在芦苇荡里，台词是"奎宁没有了，想必十八个伤病员中有人在打摆子"。那个药吃下去就管用。

中医趣事

我下乡时，有这么一件事。有一个知青，平时不怎么爱干净，最后得了疮，这个疮逐渐都移到了脑袋上，气味很大，谁都不愿意和他一屋住。他天天打青霉素，我们都知道青霉素在针剂里属于比较疼的药，每回打都跟杀猪似的，那也得忍着。他打了半个多月，也不见好。最后有一个老乡说："我有一招，要不试试。弄一勺猪粪，找一瓦片，焙干，糊脑袋上就好。"所有人都认为老乡拿他开涮。结果，有一天我们下工回来，满院子弥漫着臭气，他自己在小火上架着三块砖，在那烤猪粪，他真的把这一包猪粪焙干了，调水后一股脑就糊脑袋上了。问题是，一周以后，真的就结痂了，不流脓了，好了。

所有人都认为是青霉素的作用，猪粪只是巧了而已。后来我偶然读书，看到说猪粪可以解大毒。我们看看古书上对猪粪是怎样描写的。《上医·四部医典》中说："猪粪，消炎。"宋代的医书记载："猪粪，秽多，取其下行，能泻火，而解热毒。"清代的医书《外科大成》写得非常具体："治脚疽，并由远恶疮。"清代的方子是个复方，以猪粪为主，以金瓦焙干。焙干是杀菌的过程，防止引发炎症。

　　我估计这老乡也看过这医书，要不也说不了这么准。今天看，这事儿不是一点儿科学根据都没有，认为这就是巫术，也不卫生，但是它一定有道理。一般来说猪是百毒不侵的，什么脏东西吃下去都不得病。我想它胆汁的分泌可能跟一般的动物不一样，解毒的能力特别强。

　　我想起 20 世纪六七十年代下乡时还有一个事儿——打鸡血。岁数大点儿的全都知道。那时候，满街筒子的人，都拎一大公鸡，从鸡身上抽一包血出来打人身上。这事儿不是笑话，我们查 20 世纪 60 年代末到 70 年代初，风靡全国的健身方法，打鸡血，非常不科学。我觉得打鸡血没有任何道理，或者说到今天为止，没能找出它有任何道理。但有一点，我很奇怪，就是人身上打鸡血不会死，不会得病，起码不会立刻得病。这事至今令人不解。

　　在我个人来看，中医看病确实有时候和感觉有关，在这一点上它不如西医科学严谨，它跟文物鉴定有时有异曲同工的地方。文物鉴定有时是要凭感觉。凡是和艺术相关的事情，只要到了尖儿上，都说不清楚。比如唱歌，我们可以学习声乐知识，把歌唱得很准，但唱得好与坏，有时凭的是感觉。很多有特色的歌手的声音都是极为独特的，感受也是极为独特的。中医也是这样，凭感觉会让人认为不科学，给人看病怎么能凭感觉呢？因为人本身的科学没有被全部破译。

说起中医，我自己买过一件文物，就跟中医有关，一个蓝色的大药钵，典型的雍正时期的瓷器，底款四个字"同仁堂制"。同仁堂是康熙五十九年在宫中建立的，那么就证明这件瓷器，离康熙就差几年时间，在同仁堂的文物中是非常重要的，里面磨得光滑至极，用了二百多年，居然到了我的手里。现在这件文物常年在观复博物馆展出。

养　生

我们中国人很注重养生，过去生活贫困的时候，也依然注重养生。作为最高统治者，比如皇帝，他就更注重养生。中国历史上几百个皇帝，平均寿命不足 40 岁。活过 70 岁的皇帝有 8 个人。汉武帝刘彻活到 70 岁，明太祖朱元璋活到 71 岁，唐玄宗李隆基活到 78 岁，梁武帝萧衍活到 80 岁，元世祖忽必烈活到 80 岁，武则天活到 81 岁，宋高宗赵构活到 81 岁，清高宗乾隆活到 89 岁。还有就是慈禧太后活到 73 岁。乾隆是中国皇帝里年寿最高的。

说到养生，第一点就是吃。过去说饥寒不得病，一定是有道理的。饿一点儿，冷一点儿，没关系。过去我随我爹在东北干校的时候，看见那东北的小孩在冰天雪地里穿开裆裤，他还不得病。吃应该节制，荤素搭配。过去的人没有富贵病，是因为生活贫困。给大家提个建议，如果你有毅力，一个星期有一天不吃饭，吃点儿蔬菜水果，空腹。如果没毅力，至少一个星期，少吃一顿。我经常一个星期有一顿饭不吃，就吃一个苹果，稍微饿一点儿，没关系。这是在吃上应该注意的。

第二就是睡。睡觉是个特简单的事儿，都说早睡早起，我做不到，老晚睡。但是，我只要一沾枕头就睡着了，睡眠质量特别高。古人对睡觉有一个特别简单的要求，叫"先睡心，后睡眼"。什么意思呢？你心里得先干净，你才能睡得好。心怎么干净呢？很简单，床头摆一本看了很多遍的书，比如我床头永远搁一本《唐诗三百首》，因为看过很多遍，所以不用动脑子，心净，看看就想睡了。所以，古书记载："能息心，自瞑目。"真正懂睡的人，往往都有心得。宋朝蔡季通留下一则《睡诀》，曰："睡侧而屈，觉正而伸，早晚以时，先睡心，后睡眼。"朱熹以为此诀有古今未发之妙。周密则认为，睡心睡眼之语本出孙思邈的《千金方》。明朝的陆容认为："前三句亦是众人良知良能，初无妙处。"他也来了一诀："半酣醉，独自宿，软枕头，暖盖足，能息心，自瞑目。"懂得此决你眼睛就闭上了。

结　语

中医有中医的优势，西医有西医的优势，我们不能站在西医的角度去判断中医，也不能站在中医的角度去判断西医，我们应该站在历史的高度上看待中、西医。每个人都可以选择你的医生，就看你需要什么。人类今天所面临的问题是前所未有的，主要出在人的流动上。过去有人认为，所有的全球性的疾病，包括黑死病这样的疾病，都是到一条山脉、一条大河就止住了，不可能再蔓延。今天的问题是，交通发达，人的流动性前所未有，所以说我们面临的问题也是前所未有的。再有就是疾病种类的增加，很多未知的疾病，经常变异，尤其是呼吸道疾病，比如SARS。

　　无论我们人类怎么想，大自然不会因为人类的改变而改变。自然有一个法则，就是物竞天择。任何自然现象，包括我们人类，就是自然现象的一个分子而已，都会在这个法则下生存。按照中医的理论，看病每人一方，尤其好中医，每个人的疾病不一样，方子就不一样，剂量不一样，这是中医很高的境界。西医也朝这个方向发展，它的发展是将来没有药，根据每一个人的基因和情况，单开一味药，这个药就是对你的症而下的。从这一点上讲，无论中医西医，对于人类的疾病而言，最后会殊途同归。

2009 年　百家讲坛

同仁堂药钵

这个中医研药用的药钵距今有将近三百年了。宝石蓝釉泛着幽暗的光,底部四个字"同仁堂制"写得方正饱满,是典型的馆阁体。同仁堂是康熙年间在清宫中成立的,这件药钵大概是雍正时期的,应该说是同仁堂早期的文物了。

欢喜与喜欢

>>> 我们总说"让世界充满爱",爱不仅仅是个
人内心的感受,更是对世界、社会传递善意
的行动。如果每个人都做到这一点,世界就
一定会变得更加温暖。

扫一扫，听我讲
《因为阅读，所以写作》

因为阅读，所以写作

　　我的文学启蒙是唐诗，随后还有宋词。其实每一个中国人都一样，他的文学启蒙都跟我一样，从"鹅鹅鹅，曲项向天歌"开始，直到有一天，"明月几时有，把酒问青天"。文学赋予了中国人丰富的情感，其中唐诗宋词功不可没。

　　我自幼喜欢诗词，常常沉浸在诗词的氛围之中，至今仍是如此，无论是喜悦还是感伤，无论是振奋还是惆怅，无论是思念还是悲痛，无论是回忆还是向往。诗词以其神奇的力量，给你平添快乐，修复创伤。

　　文学是人类最早的精神追求，诗歌是文学最初的表达形式。我猜想，诗歌一定出现在文字之前，先是口头情感的表达，情至而生，感随而发。当后来文字出现，并且字数积累到一定数量，足够表达文学含义的时候，诗歌就被记录了下来，成了文学知识。

先秦的《诗经》不仅成为六经之首，还成了纯文学的启蒙。时隔三千年，当我们读到"关关雎鸠，在河之洲。窈窕淑女，君子好逑"的诗句时，仍有跨越时空的向往，仍有莫名其妙的激动。

诗歌经历了两千年的磨砺，终于来到了大唐王朝。唐朝人以其张扬的个性、细腻的心性，将古诗修整得择方得法，制格入律，声调依韵，平仄粘连，用典对仗。凡此种种限制手段，无非是让诗歌焕发青春，戴着镣铐跳舞，匹配于大唐这个恢宏时代。于是，这近三百年的诗歌，被后世统称为唐诗。唐诗之全面，囊括了整个时代的全部情感，包含了整个时代的丰富内容，成为一部唐代的百科全书。此后的一千多年里，我们每每回首仰望，唐诗已成为不可逾越的文学高峰。

高山仰止，景行行止，紧随唐之后的宋朝，虽然仍喜欢作诗，且宋诗存世量是唐诗的数倍，但在成就上仍无法与唐诗比肩。其高其深其宽其广均稍逊一筹，于是收敛的大宋，另辟蹊径，改齐整律绝为参差长短句，注重声韵，依曲填词，唱先吟后，仅词牌就逾千。不能随心所欲之时，还可以自度作曲赋词，因此词的形式变得丰富起来。表达情感如意，记录故事应手，所谓词牌，当宋朝成为历史之时，才被后世广泛称为宋词。

唐诗宋词无缝衔接了六个多世纪，成为中国文学的"双璧"。雕镂琢磨，熠熠生辉。此后的日子里，文学形态无论发生何种变化——戏曲、小说、电影、电视剧、网剧，其受众广至贩夫走卒，其领域深至乡间僻壤——它们都无法与唐诗宋词的伟大成就相提并论，都是流入市井的喧嚣而已。

而唐诗宋词永远是雨后的彩虹，高悬天空。我一直认为，唐诗宋词为中华民族提供了最佳文学营养，我们相当数量的成语，都来自唐诗宋词。它让我们这个古老的民族，因此生动、健康、圆融，继而丰富多彩。不可以想见，没有唐诗宋词的中文是什么样子。更不可以想见，没有唐诗宋词滋养的文学是多么的干瘪。

我年轻的时候以文学为生，文学曾是我的至爱。当新冠疫情给了我充足时间时，我下决心动笔，写这部想了半辈子的书——我对唐诗宋词的个人解读。这书写得太苦了，体重掉了10斤，头发长了半尺，初稿纸张摞起来有将近30厘米厚，笔芯写空了75支。成书后两卷五册，唐三宋二，共写了 68 位诗人，44 位词人，计 110 篇。一般读者熟知的诗人词人都囊括其中，读完此书会较全面地了解唐诗宋词及其历史背景。

学习事半功倍，乐趣会享受一生。唐诗诞生有其历史背景，文学一定跟时代吻合。初唐，盛唐，中唐，晚唐，不仅社会形态发生变化，文学内容也随之变化。

"初唐四杰"写不出晚唐温李的绮丽温婉；反之，晚唐温李也断然没有初唐四杰的博大心胸。盛唐李白的浪漫和杜甫的沉郁替代不了中唐元白的深情务实；同样，中唐元白也展现不出盛唐李杜风云际会的气度。所以，我在诗人所处的时代背景上，下了些功夫，让读者先看时代，再去品味人生。

每个诗人都有自己独特的人生经历，或世代为官，或出身贫寒，或一鸣惊人，或大器晚成。个人的身世对他看待世界的方式有着巨大的影响，不管他是深藏不露如李白，还是清晰在谱如杜甫；不管他是一生悠游如白居易，还是短寿蹇涩如王勃。

所有诗人创作出来的不仅仅是诗歌，还是他个人不经意的历史，这点作为第二道幕布拉开时凸现舞台丰厚，令人目不暇接。再次才是常规的诗歌技术性分析，字义、词意、典故、背景等，这是诗歌读物的常态。这些虽然重要，但不是最重要的。最重要的是诗人的心性与技术的完美结合，即所谓神来之笔。

唐诗类别清晰多样：叙事诗、抒情诗、哲理诗、咏物诗、咏史诗、咏怀诗、边塞诗、羁旅诗、田园诗、山水诗、送别诗、闺怨诗、寓言诗、赋体诗，以及乐府诗，等等。我在写这本书时都有不同程度的涉及。写作时并不刻意分类，随圆就方，顺势而为，让类别诗和诗人一起慢慢诉说着他们所处的时代环境，带及风土人情。

宋词则和唐诗有所不同，词牌的历史远不如诗歌久远。盛唐开始出现的词牌无非是大诗人的怡情小调。按一般说法，李白的《忆秦娥》是唐人创作的第一个词牌。唐代填过词牌的诗人不算多，比如白居易、皇甫松、温庭筠、韦庄等人。填词成为风尚，还是五代以后的事情，所以词牌有"诗余"之说。

大唐成为历史后，给词牌腾出了空间，让词牌入北宋后雨后春笋，在南宋时蔚然成林。词牌的形式很多，达一千多甚至两千余，而诗的体例则很少变化，尤其近体诗，五言律绝、七言律绝加上排律不过五种。

　　诗的变化多在内容，词的变化则强调形式，选取一个适当的词牌，填上自己抒发的内容，词牌就可以唱了。唱是词牌的本质，而诗只能吟。吟诗唱曲乃诗与词的本质区别。词的创作由早期诗人的偶一为之，如李白，到中期诗词并举，如温庭筠，再到晚期的纯粹词人，如吴文英，有一条明显的脉络。晚宋人是看不上唐朝五代和北宋人写的词的，他们觉得这些词诗意太重。正因为晚宋人这个强烈的意识，才使得诗和词真正地剥离开来，让词不再是诗余，而是一个独立存在的文学体裁，自享尊严。也正因为如此，唐诗宋词成为中国文学的两座高峰，各领风骚三百年，让诗以其律动，让词以其铿锵，各唱各的风雅，各抒各的情怀。

　　我从 2020 年大年初五动笔，不间断地写了一百一十二天，每天最少十个小时，最多十六个小时，后来又修改了一年多。写作之苦，如人饮水，冷暖自知。好在文学曾是我年轻时的专业，驾轻就熟，写作时还有一股久违了的青春冲动。我是因为喜欢阅读，继而学习写作；因为愿意写作，更加喜欢阅读。读书是天下第一快事，有百利而无一害，正所谓开卷有益，愿每个人终身喜欢阅读，文学一定会滋养你，让你有一个美丽人生。

　　　　　　　　　　2022 年 4 月　北京卫视《书香之夜》

2020年，我下决心动笔，写这部想了半辈子的书——我对唐诗宋词的个人解读。我从大年初五动笔，不间断地写了一百一十二天，每天最少十个小时，最多十六个小时。这书写得太苦了，体重掉了十斤，头发长了半尺，初稿纸张摞起来有将近30厘米厚，笔芯写空了75支。后来又修改了一年多。写作之苦，如鱼饮水冷暖自知，成书后两卷五册，唐三宋二，共写了六十八位诗人，四十四位词人，计一百一十篇。一般读者熟知的诗人词人都囊括其中，读完此书会较全面地了解唐诗宋词及其历史背景。

文学之舟

2020 年，我出版了一套书，叫《国宝 100》。一共 4 卷，讲了 100 件国宝，100 个故事。我为什么能讲呢？缘于我的专业：文学和文物。

文学这把钥匙，开启我的十年

1981 年 8 月 20 日，我的处女作《今夜月儿圆》发表在《中国青年报》上，到今年整整 40 年。如果说人生有转折的话，这一天算是里程碑吧。我由一名工人摇身一变，成为让人仰慕的文学编辑，这其中只是时势使然，我不过是个幸运儿而已。

1981 年 10 月 3 日——人生中最重要的日子之一，我记得很清楚——我离开工厂，去了《青年文学》做文学编辑。那是一个非凡的时代，一个人们对文学作品如饥似渴的年代，一个文学代表着幻想和光环的时代。每天都能收到全国各地的投稿，在办公室里堆积如山，我能感觉到大家对文学如开闸泄洪般的渴求。

我从来稿里发现了王朔、苏童、刘震云、余华等今天依然活跃在文坛上的作家。其中有一个人已经故去了，但我至今印象深刻，就是史铁生先生。

《我的遥远的清平湾》是史铁生的成名作，发表在 1982 年的《青年文学》上，当年读过这篇小说的读者，今天至少都应该六十岁了。这篇小说在当时文坛上影响很大，作者把艰苦的农村插队生活写得如诗如画，充满了情感。一个身体残疾的作家能有这样的文笔与心态，让我们编辑非常震惊。

一天中午在食堂，同事牛志强大呼小叫地喊我，我看见他推着轮椅，轮椅上坐着一脸笑容的史铁生，我赶忙过去寒暄。面对史铁生这样的残障人，我总不知如何说话是好。话轻了，显得麻木；话重了，怕有闪失；不轻不重又拿捏不好，只好以笑对笑，偏过头去跟牛志强打岔。

　　我那时年轻，刚到编辑部也不久，以我当时的人生经验，残障人中弱者都是一脸苦难，而强者又总是一副深沉的样子。可史铁生不是这样，其灿烂笑容至今仍清晰定格在我的脑海中，挥之不去。他丝毫没有怨天尤人的迹象，言谈举止平和。那天编辑部留他在食堂吃饭，添了俩菜，我们编辑部能围过来的人都围过来了，挤得桌子上都伸不开筷子。

　　后来史铁生因这篇小说不仅被文坛关注，还让许多读者关注。他下乡时的不幸致使下肢瘫痪，使他的作品比平常人多了一层思考。这层思考，与我们那个时代常常教育的身残志坚不同，更多的是有关生命的含义。

　　我和史铁生先生并不熟，那时编辑部对作家都是责任编辑制。牛志强是史铁生的责任编辑，他一提起史铁生就兴奋得像孩子的保姆，笑声成串，永远说不尽各类相关的话题。记得他有一次带我去史铁生地坛旁边的家，房间拥挤不堪，轮椅出入还需要人抬，十分不便，史铁生坐在轮椅上总是仰着头看我们，这让我揪心并尽快坐了下来。临近饭口，史铁生非要留我们在家吃饭，那时还不兴去餐馆，我们再三推辞才走出他那间低矮的小屋。我当时感受多多，只是今天反倒说不出什么了。

　　后来我离开了《青年文学》，再想看史铁生只好看他的作品了。20 世纪 80 年代，作家和作协去哪都充盈着神圣感，出门一说是作家会让人肃然起敬。那时候明星都不如作家受欢迎，靠脸蛋儿的不如靠脑子的是社会的共识。可惜这共识到 90 年代就不复存在了，"金钱至上"的社会价值观让作家们一个个下海，不下海也羡慕下海的。作家们的神圣光环逐渐褪去了，趾高气扬的作家们开始低头耷脑了，社会地位渐渐走低，于是人类灵魂的工程师们也有人踏上了红尘滚滚的道路。

史铁生由于摇着轮椅，落在了后面。古人常说福祸相倚，瘫痪这祸到了这会儿，竟然成了史铁生的福分。对生命含义的这层思考，让他比健全人更能清晰地知晓写作的含义，让他更加放不下手中的这支笔。

史铁生在最苦闷的日子里会去地坛"默坐呆想"，任何一个身体健康的作家也不会如此苦行。一个瘫痪、每周透析三次的人命若琴弦，离死亡有多远，恐怕只有身临其境才能知晓。史铁生以平静的口吻说："死是一件无须乎着急去做的事，是一件无论怎样耽搁也不会错过了的事，一个必然会降临的节日。"

死亡与苦难让史铁生成为作家中的一个哲人。世事纷杂，充斥诱惑，而他三十年的作家生涯却一个十年比一个十年更为精彩。他未变，时代变了；时代变了，他未变，因而凸显一个灵魂的价值。史铁生调侃自己"职业是生病，业余在写作"，这句沉重的话在我们听来是多么豁达。在 2010 年的最后一天，在离他六十岁生日还有四天的时候，他迎来了他那"必然会降临的节日"。在天国，史铁生先生一定幸福，超越凡人。

这段和文学结缘的经历，今天想起也恍如隔世。用当下的话对文学说一句，就是"尽管出走半生，归来仍是少年"。

人活不过物件儿，请敬畏初心

在出版社当编辑时，我的业余时间全花在琉璃厂了，逛书店，逛古董店。从编辑部所在的胡同向西，穿过两条知名的大胡同，然后向北一拐，有一家文物收购点，门脸不大，平时极冷清。由于我有些癖好，有事没事地骑车溜达于此，以看西洋景的心态看文物收购，一来满足内心的好奇，二来碰碰运气，看看能否捡到漏儿。

以今天的眼光看地安门文物收购部，算是奢侈至极。紫檀的写字台，紫檀的南官帽椅都在使用中，琳琅满目的古董随意摆放，任人上手欣赏。可在当时，这算一个穷地儿。改革开放初期，大家都在奔新生活，对这些给民族带来沉重灾难的老物件十分不感兴趣，什么时候去什么时候屋里冷冷清清，主人和客人里外都不爱搭理，所以我去也常在门口转悠，与客人搭讪，消磨时光。

　　我年轻时瘦，瘦给人印象不如胖憨厚，加上遇事反应又快，估计别人看我像是心怀鬼胎。那时少有年轻人对文物感兴趣，我只要去地安门文物店里转悠，就能感到工作人员的敌意目光，如芒在背，因此每次进店看东西都要在门口先运上一口气。

　　那一次，我运气后推门而进，屋里没人，光线挺暗，我就更没主意了，进退维谷，岑着胆子喊了一声。从里屋走出一个人，由于逆光，我也没看清楚来人相貌，按常规喊声师傅，算是与秦公认识了。

　　那天屋里再没别人，我们俩先是不咸不淡地聊着，我心里惦记古董，心不在焉。秦公知我身份后却关心起文学来，说的问题也不外行，于是给了我们沟通机会。两人越说越深，越聊越有兴致，很快就到了下班时间，出门分手时他告诉我说，他是搞碑帖的，俗称"黑老虎"。这时我才注意了秦公的长相，慈眉善目，长发宽额，一副菩萨相。

　　那时我对瓷器的痴迷程度一般人不能想见，可秦公的专业不是瓷器，是碑帖。若按古玩行旧式划分，碑帖属软片儿，瓷器属硬片儿，隔着行呢！可我们仍有的聊，天南海北，信马由缰。后来，翰海公司成立，他常叫我来凑热闹，我也愿意多个学习机会，几乎成天泡在一起。那时虽累，但各类古董云集，目不暇接，十分享受。

今天的收藏热很大程度上是拍卖造成的。80 年代，买个古董很容易，只要有钱。一件心仪的古董在店里摆上几年是常有的事儿。接长不短地去聊聊天，去杀杀价，大有追求美人之乐。可有了拍卖就不一样了，一件拍品在半分钟之内就要决出胜负，残酷至极。

秦公那种没日没夜的工作方式，谁也顶不住。好拍品一旦出现，他如孩童般地炫耀，反复给来人显摆，以逼人的热情介绍艺术品的高雅与获之不易。许多拍品就是在他的力荐下屡创新高。我有时开玩笑说他是天下第一卖家，其煽动性令我辈望尘莫及。

2000 年，香港苏富比拍卖，一件乾隆时期的洋彩青花镂空套瓶，代表了乾隆时期瓷器的最高工艺水准，很难烧造，历史上这样的洋彩套瓶目前知道的就两件，稀少珍贵。当时这件套瓶放在拍卖图录的封面，显然特别重要。秦公当时是北京市文物公司总经理，还兼着北京翰海拍卖公司的总经理。当他得知拍卖消息时已经比较晚了，离拍卖没剩几天。他心想一定要把这件瓷器买回来，于是秦公自己跑到北京市文物局，开始一层层汇报走流程，最终如愿以偿。

可惜啊，秦公先生在这件套瓶成功竞拍的第八天，心脏病突发，病逝在工作岗位上，没能看见这件国宝回来。他的逝世，为这件国宝的回归蒙上了一层悲壮的色彩。今天，这件国宝在首都博物馆常年展出。

杜甫有诗："几时杯重把，昨夜月同行。"年轻时读此诗只觉意象极美，技巧极高倒戟而入；当朋友远去不归时再读此诗，心中潸然，意象技巧均不再重要，而情感如胶似漆，无法割舍。人生要承受的东西很多，承受朋友永别，乃重中之重。原本山间小路，明月流水，一路欢歌，一路说笑；忽然只剩一人踽踽而行，其孤独使小路幽长明月清冷流水无声；我们对人生的感受多数时是平庸的，只有当景况回天乏术时，才知痛楚，才知人生有短有长，有欢愉有惆怅。

这些年我虽远离了文学，但从没有停止过写作。我为史铁生先生与秦公先生写的悼文就收录在我的悼文集《背影》里。

文学不仅是人生的幻想，还是人生最重要的营养。文学滋养你的人生，让你苦时有乐，乐时有想，想时有悟。文学是人类最早的精神追求。

我们中国人幸运啊，先贤创造了灿若星空的文学，我们坐享其成。今天，环顾大千世界，看着芸芸众生，我们应该庆幸我们生在这样一个古老的国度，感恩我们有着如此丰厚的中华文明。只有文学之舟，方能带我们驶向理想的彼岸。

谢谢大家。

2021 年 11 月　北京卫视《京东阅读之夜》

《背影》

我陆陆续续地写的悼文就是记载着各色人生。这里有亲人，有名人，有素人，他们每一个人都与我或多或少地有过交集，养我教我帮我助我。记录他们是我对他们人生的最后一份感谢。人生就是如此奇特，阴阳两隔时，唯有纸笔可以尽情肆意。

猫在江湖

　　鼠年撸猫，主要是想让老鼠更高兴一点儿，猫当然永远是高兴的。严格来说我这不算什么演讲，就是跟大家聊聊天、讲讲故事，因为这一年我们生活得比较繁忙，压力比较大，撸猫是一个减轻压力的很好的方式。我到处讲文化，弄得很沉重，希望在年终岁末的时候，来讲一个轻松的话题。

撸猫是公认的减压妙方

　　日本有很长一段时间盛行撸猫。日本人的生活压力比我们大，那里有一种猫屋，就是花钱进去撸猫，一般一次45分钟。进去就跟猫玩，玩到点儿了就出去，门口排着队，出去一个进来一个，排队的人全是为了减压。

生活中有焦虑，其实不可怕，我们每个人都应该有一种自信和坚强的心态，来克服自己的焦虑。我年轻的时候，因为太忙了，就顾不上焦虑。一个人有既定的目标，有很多事情要做的时候，一般情况下都不会太焦虑。不管做什么事情，不管这个事情是你自己的，还是单位的，你做一件事情，就要把这个事情做好。脚踏实地，做好每一个小小的目标。

我说偏了，这个跟猫没什么关系，我们再说回猫。

我养猫的历史很久远，小时候就养猫，主要是我爹喜欢猫。我们家当时有好几只猫，那时候养猫除了花钱以外，还要花很多精力。没有猫砂，我就骑着自行车满世界找工地，工地上有沙子，趁人家不注意背两书包回来，用黄沙代替猫砂。黄沙跟现在的猫砂有一点不一样，猫砂是不管猫尿尿还是大方便，它都能直接攒成团铲走就完事了，但是黄沙不行。黄沙使用一段时间之后味儿就非常臊，必须做清洗，清洗以后把它晾干了再继续使用。还要到市场去给猫买鱼做猫食，现在有猫粮都很简单了，所以那时候养猫还是挺辛苦的。

后来我逐渐长大，成年之后精力充沛，就对狗有兴趣，最多的时候在只有50平方米的二居室，养过四只狗。其实很痛苦，因为每只狗都有自己的个性，但我总是有一种乐此不疲的感觉。

　　一般情况下养狗跟精力有关，年轻人特别喜欢养狗，像我现在又开始喜欢养猫。一个是自己没那么多空闲时间了；另一个就是随着年龄增长，自己的精力不敌狗了，狗的精力比猫足，它天天跟我商量要出门，但我不能老带着它出门。狗跟猫完全是两个类型，狗跟人是特别亲近的，猫跟人是若即若离的，很少有猫跟你特别亲近。所以养猫的好处就是比较静，当然也有例外。

　　我们对猫狗应该有一个基本的了解，所以我简单地讲一下猫狗的豢养史。

　　人类养狗的历史，现在有证据可查的是至少有一万六千年了。远古时代，人类处在打猎、采集的生存时期，除了采点果实、种子吃，主要食物来源还是靠打猎。打猎得有个帮手，狗就出现了。

　　人类豢养猫的历史，最早的证据是在塞浦路斯出现的。大概在九千年以前的塞浦路斯墓葬里，人旁边伴有猫的骸骨。人类跟猫有非常亲近的关系，这一点完全得以证明是在埃及，埃及到处都是猫神，连女神都是猫，比如贝斯特女神。埃及猫都非常高贵。人跟猫学了很多，比如模特走的就是猫步，虽然真正的"猫步"人是走不出来的。

采集和打猎的生活方式下，吃饭是饥一顿饱一顿的，农业革命成功以后粮食获得了丰收，得以大量储存，在这种情况下，鼠害开始流行，人类开始养猫来抑制鼠害。

至于猫狗完全作为人类的宠物进入家庭——我们说的宠物就是功能性丧失，狗不再负责狩猎，猫不再负责驱鼠，这个无非就是最近一百多年的事。

中国人养狗的历史非常久远，很多文物可以提供证据支持，但养猫就没那么久。十二生肖里有七个"野战军"，四个"正规军"，还有一个神兽，为什么偏偏没有猫呢？因为在汉代的时候，猫并没有进入中国人的家庭。我们的《诗经》里写着熊、罴、猫、虎，有人认为这时候就有猫了，但是你注意看，熊、罴、虎都是大型野生动物，那么猫作为家养动物，并列其中，本身逻辑就不太通，所以《诗经》里写的猫都是野猫一类。猫进入中国人的家庭很晚是有证据的，综观汉代所有出土的文物，比如西安汉阳陵，猪、牛、羊、马、鸡、犬都有，唯独没有猫，证明那时候猫跟人之间的关系是非常远的。

那到底什么时候猫才进入中国人的生活呢？有人认为猫是随着佛教的兴盛进入中国的，这在唐诗中可以找到。唐诗将近五万首，是唐代的百科全书，直接写猫的就三首，其中两首的作者是和尚，一个是寒山，另一个是拾得，还有一首是元稹写的。从比例上看，可以推测唐代的猫跟寺院关系密切。中国人真正把猫当成家养动物、倍加恩宠的时代是宋代。

唐、宋之间，是中国中古文明的一个重要分界线。简单地说，宋以后的事跟今天非常相近。宋代人养猫，写诗最多的是陆游，天天"与狸奴不出门"。狸奴就是猫，陆游用现在的话说，叫铲屎官、猫奴。宋代的大文人基本上都写过猫，那时候养猫很普及，宠物店在宋代就很流行了，店里有猫玩具、猫吃的鱼，也卖猫，跟今天宠物店的性质差不多。

养猫这件事儿到了元、明、清，越往后越普及，大文人、大画家基本上都养猫，比如齐白石老先生、丰子恺先生、老舍先生、冰心先生、梁实秋先生，都写过很多跟猫有关的文章。这些现象一定不是偶然的，今天这么多人撸猫减压，因为猫身上有毛。有毛的东西撸着就很舒服，人是没有的，人不可能有丝滑感，猫才有。

今天很多人养猫都喜欢买品种猫，有些品种是非常健康的，也有一些品种不健康，比如折耳猫、加菲猫、无毛猫，这些都是通过基因变异，让猫承受了生理上的痛苦，来满足人类的私欲。我们不提倡这些。观复博物馆的猫都是流浪猫。

我们一直在传达一个理念，就是"用领养代替购买，让生命不再流浪"。流浪猫只是一个社会属性，被人收养了，就不再是流浪猫，通常只要养好了，流浪猫跟人相处可以很融洽。

我曾经去一个救助人家里，一进去就看到几十只猫，屋子中心堆着大袋的猫粮。他说，哪只猫你都可以领走，我就挑了一只。这只猫的脸部本来是白色，偏偏长着一个黑鼻头，像北京人俗称的"知了"——学名叫蝉。眼睛是一种淡绿色，特幽怨。这只猫在一大群猫中被我挑中，那个救助者一脸鄙夷地看着我说，你怎么弄这么难看一只猫啊？

这只猫到博物馆以后，有了自己的名和姓，叫"王情圣"。王情圣跟谁都好。像它这种鼻子上面有个知了的，在古书中是名猫，叫"衔蝉"。世界上最值钱的往往都是丑星，长得好看没用，最大的用处就是受骗。

古代猫谱中还有一种名猫叫"衔蝶"。所谓"衔蝶"，就是黑猫嘴上有一个白蝴蝶样儿的斑纹。现在的名猫在大部分人的认知中都是品种猫，比如说英短猫、布偶猫、暹罗猫、挪威森林猫……而古人认为的名猫都是由花色决定的，比如"拖枪"——一只白猫长着一根黑尾巴，观复猫"杨家枪"和"岳家枪"就是；比如"鞭打绣球"——一条黑尾巴加上脑袋顶有一块标准圆，观复猫"宋球球"就是。

　　我们也救助过很多很惨的猫，比如有一回接到一个电话，说在机场那边的库房里，有只猫营养不良，都快死了，问我们愿不愿意救助。我马上派人去把猫弄回来了。那只猫眼睛是绿的，好像没有瞳孔似的。无瞳的人，你是看不见他的内心的，猫也一样。

　　这只猫，我给起了个名字叫"令狐瞳"。它最后的日子是在博物馆里度过的，虽然只生活了不到一年的时光，但这是它生命中最美好的时光。令狐瞳生了三只小猫，我说，如丁香花儿般地盛开，所以这三只小猫就叫令狐丁、令狐香、令狐花。令狐花现在还在博物馆里，另外两只被好心人领养了，希望它们都很健康。

猫跟人一样，也会有心理问题

　　很多年前，中央电视台播过一则新闻，说中国有五千万人养猫，有五千万人养狗，一亿人影响三亿人。三亿人是一个非常大的数字，美国拢共也就三亿人。这些年养猫、养狗的人数都在上升，前者上升的速度更快。现在的人很喜欢独居，都讲究隐私，独居的家里如果有一只猫，进屋的第一个感觉就是温馨。

　　独居的人，屋子里有活物一定是温馨的。语言功能需要不断地被使用，工作一天回家，你也需要有个聊天的对象。如果屋里没别人，就你一人儿自言自语的，精神上好像有点儿过于"健康"。如果有只猫，那你说话就很自然了，进门一定要问：今天表现怎么样，吃了没有，拉了没有，撒了没有，你怎么又上我被窝里去了，你怎么掉这么多毛……

　　我们家有两只猫，一只叫马大贵，一只叫马大福，可是马大福走了，就剩马大贵了。我每天回家一进屋，只要马大贵不出来我就喊它："马大贵在哪儿呢？赶紧出来。"猫就出来了。它现在也老了，原来每次开门的时候，它马上就跑到门口来迎接我，我就会问它："你今天干什么坏事没有？"有时候你出门不回来，它见不着你就很孤独，孤独的时候它就要干坏事，比如在屋子正中间拉一泡屎，表示它的愤怒，表达它的情感。我一进门看到，还有一点自责，觉得是自己没能好好照顾它。

　　跟猫沟通是一种减压的方法。而且养猫的成本比养狗低，除了金钱付出比较少，时间成本也比较低。如果你工作过于忙，养只狗，我估计你扛不下来，但养猫没有问题。猫跟人的关系是若即若离的，这是由生物性决定的。

　　我们每个人都有非常复杂的情感，喜怒哀乐都跟情感有关，高兴的时候忘乎所以，悲愤的时候看谁都烦。猫也有心计，一旦使出来，人是甘拜下风的。

我最早养在家里的一只猫，叫朱迪，是一个朋友送我的，从小一点一点养大。有一次，它把我们全家给搞个半死。为什么呢？有一天我又从外面抱了两只大猫——所有往家请的东西，我都是脑袋一热就请回来了。两只大猫是新来的，我们肯定以礼相待，抚摸、给吃的、倒水，这朱迪就吃醋了。我哪儿知道猫还会吃醋啊？

朱迪一吃醋，就开始自残自伤，自毁前程，闹绝食。饿了以后就瘦，瘦了以后就瘸，瘸得我们看不下去了，全家人都着急，带它去各个猫医院检查，甚至连中医都看了，脉也号了。但是医生告诉我们，它的身体没有任何问题，可能就是瘦得腿瘸了，没办法治。

后来有一天，它在阳台上，我在屋里，它看不见我，我本来也是看不见它的。恰巧那天卸下来一块镜子扔在边上，通过反射能看见阳台。我无意中看了一眼那镜子，就看见这瘸腿猫居然一个箭步飞到沙发上坐着去了。它的腿好了！然后我伸头到阳台看它，这猫非常不好意思地看了我一眼，心里说这戏到此结束。没等到第二天，它就不瘸了，顿时变成一个能正常走猫步的猫，然后就开始吃喝不误，一切如常。

　　猫很有意思，减肥和增肥都特别快，朱迪很快就好了。从那天开始我知道了，猫有心机，跟人一样，严重了还能发展成心理问题。不一样的是，人会不停地压抑自己的心思，没点儿修养的人还可能挂脸上，有点儿修养的人，脸上都看不出来。猫完全是正当的诉求和表达，在这点上，人不如猫。

观复猫的江湖里，各有各的传奇

　　我真正在博物馆养猫，是 2003 年，我四十八岁，本命年。那天下着雨，我正在办公室，一个朋友给我打电话，说有一只被人遗弃的大黑猫，在他家门口转悠了好几天，特温顺，挺可怜的，你把它领养了吧。我问他那猫是什么色儿的？他说黑的，一根儿杂毛都没有。然后我就派司机去取，取回办公室，我从纸箱子里拎出来一看，一根儿黑毛都没有，整个儿就是一大狸花猫！

　　这只猫有个最大的好处，它不认生，一来就直接趴在我桌子上。那时候我正在写一篇文章，它就趴在旁边看我写，直到我把文章写完。文章结尾的时候我就写了它："北京风雨大作、电闪雷鸣，新来的大肥猫趴在桌上看着我，屋里一片祥和气氛……"

这猫很肥，当时体重就超过了 10 斤，又是花的，我给他起名叫花肥肥。花肥肥最重的时候有 15 斤，在流浪的中国田园猫里，就算很大个儿了。

从花肥肥来到观复博物馆以后，我们开始陆陆续续收养流浪猫，再来的猫都是有名有姓的。花就是一个姓嘛，花木兰也姓花。有一天我在我们家草地上看见一只小猫。保安说，一窝生了五只，都让人抱走了，就剩下这么一只，挺可怜的，我就把它抱回家了。小猫只有巴掌那么大，一身白毛，一条黄尾巴，我就给它起名叫黄枪枪。

黄枪枪比较温顺，毛也比较丝滑，这猫有一个特点——亲水。一般猫都比较怕水，只要爪子上沾点水就在那儿甩半天，唯独黄枪枪，一到我们养鱼的地方，上半身直接下去就开捞。

花肥肥是观复博物馆的元老猫，黄枪枪排第二。慢慢地，养猫成了观复博物馆的一个调子，一种常态。我们现在有三十多只猫，每只猫都有自己的性格。

在观复猫的江湖里，猫与猫之间也有亲疏远近。原来有只猫叫黑包包，跟黄枪枪最要好，俩猫那叫一个腻呀。黄枪枪去做绝育手术，回来以后痛苦地躺在那儿，黑包包就上去搂着它。怎么叫搂着？就是我的手搂着你的脖子，你的手搂着我的腰，俩猫能那样搂两天。人和人再好也搂不了两天，最多搂俩小时就烦了，然后背靠背睡觉去了。猫就不是，它就那么搂着，搂得非常感人。后来包包走了，枪枪第一天到处寻找，第二天就不停地长嚎，呼唤它的朋友回来。当时我看着非常感动。

还有唯一一只随我姓的猫，叫马都督，特别重，得有15斤，很压手。它原来是一个老奶奶养着的，老奶奶八十多岁了，身体不适，不能再养了，就把它给我们了。它来的时候脾气有点大，跟所有猫的关系都没那么好。我老说，猫的江湖跟人的江湖没什么区别，也有上下级，有左右手，有耳目。谁和谁混得好，谁和谁混得不好，谁和谁一见如故，谁和谁一见就分外眼红，都能看出来。

观察猫，实际上是在观察我们自己。通过人类观察人类是不完全的，我们的一生和别人的一生是等长的，所以你看不到别人走完完整的一生，如果看到了，那么这个人是夭折的，他的一生也不算完整。此外，你也看不到别人的内心世界。有一句话叫"人心隔肚皮"，这人跟你再好，你也不能完全知道他的想法。

猫就不一样，你能看到猫完整的一生。猫的一生，一般情况下是十五年左右。人类养猫，短则几年，长则二十年，看着它由一只小猫，一点一点地长大，跟你玩，变成一只成年猫，最后变成一只老猫。你可以完整地见证猫的一生，深深地介入它的情感。比如我们的花肥肥，它走的时候，博物馆里的人都非常难过。

猫跟人类在某种程度上是平行关系，人也是哺乳动物，跟猫没什么区别。最大的区别就是你生不过它，它的繁殖力很强，一下能生很多孩子，人一般最多生俩。野生状态的猫，生活环境很恶劣，也活不长。所以现在全世界流行的救助趋势是能领养就领养，不能领养就做绝育，然后放归。

我们养猫一定要遵守道德，不能脑袋一热就养，不想要了就扔，遗弃动物是一个非常不好的社会行为。

我们要读猫，读进猫的心里。生活中有只猫，尤其是家长给孩子养只猫，最大的好处就是培养孩子的责任心和爱心。

对猫如此，对其他动物也是如此。我们老说"让世界充满爱"，爱不仅仅是个人内心的感受，更是对世界、社会传递善意的行动。如果每个人都做到这一点，世界就一定会变得更加温暖。

2019 年 12 月 优酷文化《2020 世界在望》

我真正在博物馆养猫是2003年,我给这猫起名叫"花肥肥"。从肥肥来到观复博物馆以后,我们开始陆续收养流浪猫,现在有30多只,每只猫都有名有姓,都有自己的性格。在观复猫的江湖里,猫与猫之间也有亲疏远近。人类有喜怒哀乐,高兴时忘乎所以,悲愤时看谁都烦。猫也有心计,一旦使出来,人是甘拜下风的。

醒着读书，醉看文化

　　我在《百家讲坛》讲过收藏，所以很多人都熟知我的收藏故事。收藏本身是我的一个业余爱好，没想到它在我人过中年以后，逐渐成为我生活中一件最重要的事情，后来我成立了一家私人博物馆。

　　本来应该讲大家最爱听的那种励志故事，但我觉得这个并不重要，今天我们在首图讲坛，我想讲一个非常重要的我在当下感受到的事情，就是关于读书、做人和文化。

读书：有百利而无一害

　　古人说天下的事全是利弊相随的，一件事有好的地方也有不好的地方，唯独读书有百利而无一害，你只要开卷就有益。但这书不一定都是好的，比如"黄书"，不仅不好还多少有点害。那为什么说读书一定是有利的呢？是要你能把坏书也读出好来。

　　我小时候知道好多"坏书"，不让读的禁书，我把自个儿锁在屋里都偷着读过。我有两年很好的时光，十六岁到十八岁，在家里没有事干，没有上学，也没有工作，哪儿都不能去。我有一个邻居，他们家有《红楼梦》。《红楼梦》在那个年代是禁书，在读《红楼梦》之前，我没有接触过这样的书，所以读完之后，差点儿死在这书里。我的情感，我对文学所有的喜欢，都从这本书里获得了满足。我在农村的时候，书是老乡要拿去糊墙用的，封面封底和前面的扉页都已经撕了贴在墙上了，没有书脊也不知道是什么书，大概一看知道是本翻译的小说，然后跑到屋子里把自己反锁在里面，一壶开水和两个馒头，一天把这书读完。读完也不知道书名，后来一想老乡还撕了几页贴墙上去了，咱得看看那几页写了什么。老乡贴书不正经贴，有倒着贴的，还有糊顶棚的，我就这么仰着脖子看——好在那时候没什么颈椎病，现在仰着脖子一分钟就晕了——书上写了什么事还得找，因为人家不会挨着顺序贴，好长时间以后才知道这本书叫《简·爱》。

　　自打有了网络，买书非常便利了，你在网上买本书很容易就送到家。现在人都有闲钱买本书，不至于嘬牙花子，而且还有大量的电子书。那么在这种情况下我原以为去图书馆的人会越来越少，结果没想到北京每天能有一万多人到图书馆去读书，这是让我觉得非常欣慰的事情。在今天浮躁的社会中，能有人静下心来读书，尤其到图书馆去读书，这是我们民族的一个希望。

　　我记得我二十几岁的时候从农村回来，在"七机部"（航天工业部）工作。七机部二院地区有一个非常大的图书馆，那时候经常是一整天除了我之外，一个人都没有。那是一个不主张读书的年代，图书馆里有无数种书，大量的外文书我虽然看不懂，但是喜欢乱翻。偶然翻到一本书，看到一些想不到的内容，就是很有意思的收获。

　　中华民族有将近四千年的文字史。我们的民族文化之所以拥有如此丰富的思维和情感，是因为我们的文字丰富的承载能力。我昨天晚上在床头翻的那本书，全名叫《斯基泰时期的有色金属加工业》，副标题叫"第聂伯河左岸森林草原地带"，作者名叫 T.b.巴尔彩娃，一位苏联女学者。

　　这本书非常枯燥，但我认为这一生中读的最枯燥的书对自己的影响最大。有意思的书，对你的影响是有限的，因为它有意思，读的时候你可能很少去想；越枯燥的书，你想得就越多。一个人怎么能够在大千世界里、人海茫茫中，比别人多迈出一步呢？就是因为你凡事多想了一步。凡事多想一步，你就比别人更容易获得成功。

读书的三个阶段

古人认为一个人读书要读三十年。为什么三十年以后就不读了？不是不需要读，而是因为那时候记性不好了。我现在读书只能记五分钟，小时候看的书能记一辈子。所以我今天能够记下并背诵的，全都是小时候读过的书。我最后一首能背诵的唐诗大概是四十几岁背的，那个时候跟儿子比赛，他说"这个诗很难背"，我说："没那么难背，不信你爹跟你一块儿背，看谁先背下来。"我到今天还能背出这首诗，但我儿子已经不会背了，可见他背的时候不怎么用心。

古人读书分三个阶段——诵读、讲贯、涉猎。

第一个阶段是五岁到十五岁，叫作"诵读"。诵读经典，不需要理解，就是读和背。我们今天老说死记硬背不好，死记硬背对化学、物理这些科学的门类是没什么好处的，但是对学习经典是有好处的。所以古人要求你在五岁到十五岁，相当于我们今天的小学、初中阶段，读书的主要任务就是诵读。

诵读就要求背下来，我们举例说明。清朝乾隆皇帝小时候读书，早晨五点钟就要开始预习，预习两个小时，从五点到七点。七点开始读书，怎么读呢？老师说今天把《大学》背诵十遍，错一个字加十遍，那是很苦的体罚。

乾隆有个老师叫朱轼，比乾隆大五十岁，管他很严。雍正有点儿看不下去，就跟朱轼半开玩笑地说："你教不教他，他最终不都是个皇上嘛。"朱轼说："我教他，他就是个明君；我不教他，他将来就是个暴君，您说怎么着啊？"雍正说："那您就好好教，要让他成为明君。"所以到十二岁那年，"四书五经"一共五十九万六千字，乾隆皇帝就可以倒背如流。今天咱不说背，说背算欺负人，只是把"四书五经"那五十九万六千字不打磕巴儿地照着念一遍，能找出这样一个人吗？

我们今天的生活发生了巨变，换句话说，一百年前的人，跟一千年前、两千年前的人的生活状态没有太大差别，但我们跟一百年前的人一点儿也不一样，生活状态没有共通之处。所以我们理解起经典来有很大的困难。但古代能背出"四书五经"的人一点儿都不新鲜，我估计和珅就能背。千万别小看和珅，皇上看哪章，他就知道皇上要出什么题，能做到这一步的都不是等闲之辈。

　　书要早读。我们过去说的最土的话就叫"一年之计在于春""一日之计在于晨"，年轻的时候要好好读书，凭借自己良好的记忆力把它记下来。诵读阶段就是不停地去读，加深记忆，其他都不管，不需要你理解它。当下不懂不要紧，总会有懂的那一天，也总有你能应用上的那一天。

　　第二个阶段又是十年。古人认为十五岁到二十五岁这十年，相当于我们从高中到研究生毕业，读书重在"讲贯"。我们不是总说嘛，学贯中西，融贯古今，"贯"就是"贯通"的意思，讲贯就是要求你在这个阶段读书时要加深自身的理解，不需要死记硬背了。

　　十年诵读之后，要融进自己对这个社会的判断。我们今天的法律把十八岁划成一个界限，十八岁以上一般是完全民事行为能力人，从理论上讲属于成人，但心智不一定成熟，这时候老师要讲贯，你自己要学贯，学会贯通很重要。

　　现在很多人的思路是不通的，老话说"擀面杖吹火——一窍不通"。我们在生活中经常碰到这种人。我有时候会看我的博客的回帖，回帖中有些人骂骂咧咧的，大部分属于那种思路不通的。一个人对这个社会的认知是有层次的，不是一个平面，你看到的层次越多，你对社会的认知程度就越高。

有的人就不是这样，他看社会是单页儿的一张纸，所以他看不懂的时候，就胡骂溜丢的，这实际上对他自己也有很大的伤害，因为他的内心很不痛快。

讲贯对于一个人的一生非常非常重要，是三十年读书经历中非常重要的一段。在这一段时间内，你会建立起一个基本完整的人生观，影响你对人生的判断。

第三个阶段，古人把二十五岁到三十五岁叫作"涉猎"。我们可以把这个时间提得早一点，不一定非得可丁可卯地说我在二十五岁之前不涉猎，二十五岁零一天就开始涉猎了，不是这个意思。古人的意思是说，到这个阶段你一定要把读书的眼界放宽，不能局限于只看一类书，因为你有了诵读和学贯古今的能力之后，再涉猎的时候就会触类旁通。

读书不要局限于理科文科，一定要想办法尽可能地跨界去读书。不一定要把它读懂，就只是看看，当作一个乐趣。

有一阵子我特别喜欢读医学书，看不懂也看，明白人体构造是怎样的，也能读出一些人生的道理，看完了以后，明白很多事情不是你以为自己知道就真的知道。读很多不是自己擅长的学科的书，会有很多很好的收益。

　　我喜欢陶瓷的时候，生啃了一本《中国陶瓷史》。你今天问我《中国陶瓷史》里面的内容，我一下就能想出来大概在哪一章；跟我讨论陶瓷的任何问题，我都可以跟你平等地对话。就是因为我读过非常专业的书，而读这类书的时候不需要也没有其他的因素掺杂进去。

　　现在一说收藏，很多人总是注意价钱，你看电视上类似的节目，就是把老物件拿出来估价，所有估价的人都是不买东西瞎估的。如果做一个节目，谁估完价就让他用估价的一半买了，你看他买不买？所以我参加节目的时候有个原则，在电视上不谈钱。不是不能谈，要说谈钱我可能能力比他们还强，但是我不误导公众。人生有很多乐趣，趋利是一个阶段，它是有乐趣的，但不是我追求的。

　　读书的三个阶段：诵读、讲贯、涉猎，到三十五岁的时候就已经完成了。所以人生还有一个标准就是三十五岁，叫心智成熟。如果你到三十五岁的时候心智还不成熟，那就跟十八岁了还在尿床是一个道理。

　　讲一个例子。在美国，十八岁成年，你是一个完全民事行为能力人，但你不能参加总统竞选，参加总统竞选一定要年满三十五岁。为什么呢？因为要求你心智健全。年轻的时候血气方刚，很多人惹事都是在年轻的时候，为什么呢？他的心智还没有完全成熟，人不经历事是不能成熟的。

我们今天因为社会环境太好，条件太优越，生活太富足，所以人心智成熟的速度就变得比较慢。古人活的时间短，人均寿命低，到三十五岁，人生差不多走了一半了。对于有些寿数五十岁的人，人生就只剩十五年了。现在的人活得长，心智可能到四十岁才成熟，四十岁以后如果心智再不能完全成熟，那么我觉得他这一生就白过了。

所谓的心智成熟的表现是什么呢？就是你处事不惊，遇到事情能够很平和地去对待它，能够容忍社会上所有的现象，包括丑恶现象的发生。我认为，社会上有善就一定有恶，有美就一定有丑，丑的出现是可能的，也是能够理解的，但是我们不能把丑放大，让所有人去效仿它。我们的社会可以出现丑行，但不允许丑行狂奔，这是社会的一个原则。这个原则不是我们定的，是我们那么多先贤在两千多年前就落实到文字上的。

读书的这三个阶段，如果每个人都清晰地了解，提升的不仅是个人认知，整个社会的认知都会大有进步。

我们每个人都有极强的文学能力，不幸的是被我们的语文教育扼杀掉了大半，其实说话、写作文，都是文字表达。

为什么大量的孩子在小学最惧怕的就是作文课，就是因为老师的要求太多，如果按照我们一开始说的诵读的方法写一篇作文，就很容易。

我记得我儿子写的第一篇作文是老师给的命题作文。他才小学三年级，放学回来在那儿愁眉苦脸的。我问发生了什么事，他说老师出了道作文题叫"铅笔盒"。他写了一堆不着调的话，没有一句是自己真想说的，都是为了能符合"正确"的标准。直到最后，他写了一句："我最喜欢铅笔盒里的小尺子，它能帮我把等号画直。"这是我印象非常深的一句话，因为这句话是真实的表达。如果我当老师，冲着这句话就可以给他满分。为什么呢？让他知道什么是好，而不是只知道什么是不好。我会告诉他，因为有这句话，所以你得了满分。如果这样教育，我相信每个孩子到小学毕业的时候，都能学会真实的表达、有意思的表达、有重点的表达，因为他知道什么是"好"。我过去跟一些老师聊天，我说，你们应该让学生多读读唐诗、宋词，看看唐诗宋词写得有多美，它有什么样的技巧，让学生从内心去理解这些美。

我们讲一个简单的例子。"两个黄鹂鸣翠柳，一行白鹭上青天。窗含西岭千秋雪，门泊东吴万里船。"这首《绝句》在杜甫诗中是最平易近人、最直白的一首，那么它有什么好的呢？

　　"两个黄鹂鸣翠柳，一行白鹭上青天。"黄鹂、翠柳、白鹭、青天，一共提到了四个颜色。第一句是写听觉，"两个黄鹂鸣翠柳"，是你能听见的；第二句是视觉，"一行白鹭上青天"。描写的角度不同，第一句是平视，第二句是仰视。"窗寒西岭千秋雪"，是空间的感觉，有空间的参照物；"门泊东吴万里船"，说的是时间的长度，从东吴开始摇着橹把船一天一天地划到了四川。

　　时间的跨度和空间的长度，都在一首诗里完整地表达出来。多角度多感官的感受，能够在这么短的句式里，用28个字表达得如此丰富，杜甫就是这样一个伟大的诗人。你可以试试把这些要素——四种颜色、听觉、视觉、空间、时间集中在一起，用28个字，不限平仄，不限韵脚，凑在一起让人能觉得是一句完整的话，你就知道有多难，就能体会到他语言的魅力了。你知道杜甫的作品好在哪儿就可以了，不需要知道不好在哪儿，这是我们读书中应该注意的。

　　孔子说"温故而知新"，你一定要不停地去读经典，尤其有的书很久没读了，你重新读的时候，感受是不一样的。古人说的话有很多是非常有道理的，我们在读书时其实很容易遇见，如果愿意往深里思考，它可能对你的人生极为有益。我们总提王阳明说的"知行合一"，陶行知认为"行是知之始，知是行之成",知道道理很容易,做到很难。

道德缺席的时候,法制是乏力的

多读书,可以让人知善恶、明是非,让自己心胸开阔,明白道德的界限在哪里。

最近看到一些有关投毒的社会新闻,这类事情反映出我们的社会有一个很大的问题。我年轻的时候在农村待过,农村服毒的人很多,农药随时可得嘛,想不开了就喝。后来我到工厂去,在工厂待过五年,再后来到出版社待过十年。最初我认为农民思想狭隘容易想不开,后来我到城里,没承想这城里的人也想不开。工厂里有人因为涨工资、分房子的事儿想不开,出版社也有人因为评职称没评上,就服毒了。至于最近的新闻,说是在酸奶里搁了"毒鼠强",闹了半天是为了争一个幼儿园的生源。任何社会都会有犯罪行为出现,但我们今天为什么变得非常愤怒呢?因为每个人都能感觉到社会道德的崩盘。

当社会缺少道德的时候,法制是不管用的。很多人反对,说法制是比道德更有力的力量,其实他错了。我们为什么要在监狱里筑一道高墙,高墙上要有电网,旁边还得有人持枪站岗呢?这是因为法律的能力,是强行的。如果你筑一道墙就能挡住，就不需要在上面加电网了，也不需要人看守了；如果拉一根绳，大家就不跨过去，就犯不着再去筑一道墙了；如果在地上画一道线，大家就不逾越，也犯不着拉一根绳。那么当你什么都没有做，大家就知道这个地方不可逾越的时候，就是道德完善的时候。道德是有巨大力量的。

现在到处是诈骗案，我妈那么大岁数被骗了好几回。有次，我妈打了四个钟头的电话，被骗子控制到银行去汇款，老太太这辈子都是取款，就没汇过款，还跟银行工作人员说你能帮我汇吗。人家说不能帮这事，谁也不帮她汇，最后她自个儿汇不出去，急得不行。一直到银行下班也没有汇出去，那骗子算白忙活了。我到公安局去说这事，警察跟我说："我爸干了一辈子刑警还被人骗了，你妈这好歹也没被骗出钱去。"

我天天嘱咐家里人，说你们都要小心，上车以后要把窗户摇上，一定不要为小事跟人家争执。有次我老婆开车，一个骑自行车的人一下子就躺在她的车跟前了，我说碰到这种事就叫警察，你没有能力自己解决。那个人一听说叫警察，爬起来骑车就跑了。

没有道德约束的生活，会让人变得非常谨慎而痛苦。我们的生活按理说已经越来越好了，最基本的诉求都可以解决。

今天几乎已经见不到我年轻时候的那种状况——菜市场里一个大妈提起来一条鱼，看了半天，舍不得买，放下它换了一条小的。现在大多数人吃穿不愁，只要不追求名牌，花不了多少钱，吃穿在人们的日常消费中占的比重很轻了。从基础生活质量上讲，每个人都有了极大的提升。

中国人能把生活搞得这么好，却搞不好我们的精神享受和环境。我希望我们在精神层面上能活得愉快一些，活得轻松一些，活得少防范一些。

我老说人生有信条，就四条八个字。

第一是自信。自信不是盲目的。你出门跟人家说我可自信着呢，这句话你就不自信了。自信源于你对技能的掌握，这个技能可以是知识，如果你另外有独门绝技也行。自信很重要，建立自信最简单的办法就是多读一些书。

第二是坚强。我们每个人一生中一定会遇到很痛苦的事情，比如亲人故去、生活中遇到的障碍、同事家人的不理解、学习跟不上等。这种痛苦很多，所以你一定要学会坚强。这个坚强一定是内心的坚强，而不是装腔作势的坚强。我见过很多人，在人前特别坚强，只要别人一转身他就痛哭去了，这都不行，一定是内心要学会坚强。

　　大家都觉得我很坚强，其实我也遇到过各种各样的事情，很多事情就是靠着自己给自己打强心针，找一个精神支柱度过的，很多的时候你可以从书本里获得力量。

　　第三是认真。做事认真，这是一个必须的态度。毛主席说过，世界上就怕"认真"二字。

　　第四是宽容。认真是对自己，宽容是对别人、对社会。我们看待今天的社会，一定要本着一个宽容的态度，我们希望社会达到一个"理想国"，能看到可见的进步，也可以看到一些我们希望将来有的进步。

　　虽然今天的生活仍然偶有乱象，但无论如何，我们赶上了一个幸福的和平时代。我们感受不到上一代人感受过的战争的痛苦，但是看看阿富汗、伊拉克，看看中东地区，你就知道，只要一有战争，所有的生活都归零，所有的财富都不是财富。

　　自信、坚强、认真、宽容，这几条是很重要的，你要自己提醒自己。我不一定非得把自己的人生信条传达给别人，只是讲我有这样一个人生信念，处理起事情来就变得比较容易，内心比较舒服。

文明趋同，文化求异

我在前面讲的是读书和做人，接下来讲讲文化。

在北京讲课是最自在的，想怎么说就怎么说，不用考虑怎么用词儿，也不需要把北京话翻译成普通话再说一遍，大家基本听得懂。我们小时候听的土话，也就是方言，随着普通话的普及，这会儿差不多都没了。方言的丢失是很可怕的一件事情，我们现在天天说保护文化遗产，具体怎么保护？往往没有意识。

现在各地都有非常好的方言，再过二十年，可能就都消亡了。像上海方言、广东方言、闽南方言，学校的学生已经只会听不会讲了。等到这些小学生长大成人，没有人讲方言的话，这个方言就丢失了。

很多方言都有着两千年以上的历史，在我们这一代消亡是非常可惜的，所以我一直在鼓励，一直在提建议，希望各地都采取措施，强行保留方言，比如专门开设说方言的电视台。北京的电视台都是普通话播音，没有用北京方言播音的。过去北京东城、西城、南城、北城的土话都不一样，今天我们听不到地道的北京土话了。北京有很多很有地方气息的话，现在也没人说了，说出来大家也不知道是什么意思。所以我觉得保护文化，对于我们这一代人来说责任重大。

我们今天看到的北京城，跟新中国刚成立时的北京城完全不一样，你们要想看那时候的北京城，可以到先农坛的建筑博物馆，看一看那个模型，你就知道那时候北京有多么漂亮。现在的北京城已经没有什么文化特征了，几乎全中国的城市，自己的文化特征都消失殆尽。走到任何一个城市，都是高楼大厦立交桥，你要是不看路牌都不知道自己在哪儿。走到任何一个县城，都是十字大街，白瓷砖贴外墙上。过去可不是这样的，过去走到哪儿都特新鲜，哪儿和哪儿都不一样。

不管怎么说，这种物质文化还有机会恢复，比如四合院被拆了，还可以盖一些假四合院来装模作样。但是当语言这种无形的资产丢失以后，再想把它恢复，几乎没有这个可能。

我在好多年前写过一篇文章，叫《全世界的趋势》，趋势就是"文明求同，文化求异"。

全世界的文明，不管哪一个民族，最终是朝着同一个方向发展的。比如法学上有个界限叫"通奸是否犯罪"，以此来划分文明法和野蛮法。认为通奸是犯罪的，归为野蛮法，但是文明法认为通奸不犯罪。这就是我们说的"文明趋同"。所谓"文明"，是指人类脱离野蛮状态的所有社会行为和自然行为构成的集合，比如遵守秩序、尊老爱幼，这些在各个国家都是一致的。

而文化是求异的，每种文化都不一样。当今世界不幸的是什么呢？是"文化趋同"。各国文化都在某个强有力的国家的文化支撑下朝同一个方向发展。

比如电影文化，我们在 20 世纪 80 年代能看到非常优秀的英国、法国、日本电影，风格迥异。今天你看的电影都差不多，换句话说，有些国家拍的片子你都看不出是哪个国家拍的，尤其是商业电影。这就是文化趋同，是非常可怕的。

我们的文化保存至今仰仗的是我们自己独特的文字系统。所以我老说，我们的文化基因特别好，我们学习方块字，从小就锻炼了形象思维，中国人的形象思维都好。

每个方块字都可以被视为一个图形，它跟拼音文字不一样，是记意的——记住文字的本意。而拼音文字，比如英语、法语、俄语，都是记音的。记音的文字有一个缺点，就是记的时间比较短，比如五百年前的古英语，现在基本上看不懂了，因为声音在变化。

我们也不知道汉朝人、宋朝人，乃至明朝人说话什么腔调，他的发音是不一样的。但是他们留下来的文字，我们依然能看懂。

我们这么大的一个国家，各地方言都不相通。我二十几岁当编辑那会儿，到广东去，在街上找人问路。人家回答的都是"我不知道啊"，我就听成"一直走啊"，我就走啊走啊，都走到郊区去了。我去上海，坐出租车，跟司机说"右拐"，多简练啊，俩字。上海人非说"小转弯"，我就听成"向左弯"。我又说"右拐"，他还说"小转弯"。我心想，你没事儿老跟我别着劲干吗？我说向右拐，你说向左弯。这就是方言不相通。你再想想几百年前，官员做官都要离开家乡去异地，用发音来沟通是很难的，只能靠文字。

那么我们的语言、文字好到什么程度呢？中国语言是极为复杂、含义极多的，联合国六种法律文本，中文那本永远是最薄的。因为相对其他语言，中文可以用最简洁的文字表达同样的含义。我们是唯一没有改变过最初理想的民族，最初理想就是象形的文化。自有文字以来，先民写下的日月山川，今天仍是日月山川，每个都看得清清楚楚。

"有朋自远方来，不亦乐乎"，孔子两千多年前的话，我们很容易看懂。说不通的，一写字全通。所以中国无论历史上曾经怎么分裂，最终都会形成一个大国，大国的优势就是没人那么容易欺负你。

在历史上，只有我们的文字延续了五千年。五千年以来，我们的文字没有更多的变化，尤其从秦统一汉字以后。今天的人看古文献，即使感到有些难，也难在名词，而不在动词。因为名词消亡以后，你看到它不知道是指什么，上下文意思就连不起来。只要稍加训练，基本意思就能懂，这并不需要很高的学历，九年义务教育足够。看懂之后，你就可以跟孔夫子这样的伟大先哲对话，这是我们民族的幸福。

有人说文化是国家自己的。对，中华民族的文化一定是我们自己的。但是文化一定是可以输出的，我们也已经开始输出文化了。现在世界上有好几百所孔子学院，我也出国在孔子学院讲过课。我们应该为中华民族的文化走向世界而感到骄傲。

谢谢大家。

2013 年 5 月　首图讲坛

《〈醉文明：收藏马未都〉》（全七册）

多读书很重要。多读书，可以让人知善恶、明是非，让自己心胸开阔，明白道德的界线在哪里。做人做事的道理，我们的先贤早已在书中说得明白。文物无言，但承载着中华民族的情感，肩负着中华文化的精神，在浩如烟海的知识宝库里寻觅，在扑朔迷离的历史长河中荡舟，让我们能切身感受中华文化是多么博大精深、沁人心脾、暖人心扉。

我们的九年

今天，偌大的舞台就我一个人，没有主持人，没有教具，也没有开场口号，显得很安静，这是《收藏马未都》节目的最后一集。这节目做了九年，数次改版，四百多期。如果第一期播出时，你恰巧上小学，那么今天你已经初中毕业，成为大孩子了；如果第一期播出时，你跨入了高中开始学习，那么今年你已经获得了硕士学位，或者开始工作了。总之，九年时间不算长，但也不算短，在每一个人的生命中，九年都是很重要的时间段，以工作年限而论，九年要占去四分之一。

如果你以前没有看过这一档寓教于乐的收藏文化节目，从今天开始补课，一天看上一集，你大约要看上一年半，这是一部多么漫长的连续剧啊！它承载着中华民族的情感，肩负着中华文化的精神，在浩如烟海的知识宝库里寻觅，在扑朔迷离的历史长河中荡舟；这寻寻觅觅中不见冷冷清清，却充满着热热烈烈，让我们能切身感受中华文化是多么博大精深、沁人心脾、暖人心扉。

在这之中，我只不过是一个布道者。开启这一旅程时，我年过半百，如今已年逾花甲了。当时，我们并不知这一程要走多远，也不知路途之中是否有坎坷，我与观复博物馆的同人，与广西卫视的同道，与全国各地热爱传统文化的观众一道，踏上了这漫漫征程。

恰巧这时，国学热、文化潮兴起，我们开始找回文化自信，我们开始探索文化强国。我们在生活中将那些原本熟悉可又有些生疏的文化现象、文化知识筛选出，捧给观众，与观众一同学习，一同重温。

重温我们自己的文化多么美妙啊！在这节目里，有我们中国人常用的椅凳、桌案、床榻、柜架，这些家具至今影响着中国人的生活；有我们中国人熟悉的青花、粉彩、颜色釉、仿生瓷，这些瓷器在全世界有着深远的影响；有我们中国人才分得清的神玉、礼玉、德玉、俗玉四个时代，玉文化是中国人独有的文化，至今为国人津津乐道；还有竹木牙角器、金银铜铁锡、雕塑释道儒、玻璃珐琅器……在这档节目里，中华浩瀚的器物文化几乎无所不包，无一不涉及。所有这些，构成了中国人的精神与物质并存的世界。

我手里是一把戒尺，在《收藏马未都》中作为道具，一直放在桌上未曾使用。这东西最初缘于佛教说戒，敲击发声，引得关注。后来被私塾先生借用体罚不好好学习的学生，以儆效尤。鲁迅先生、邹韬奋先生、郭沫若先生等对此都有描述。"戒尺"名字准确，"戒"为惩戒，警钟长鸣；"尺"为尺度，规矩标准。这是孩子成长过程中的必要环节，做事要知尺度戒律，没有规律，不成方圆。尽管戒尺随公学兴起、私塾消失成了文物，但戒尺之精神仍是我们所提倡的。不论是孩子还是成年人，要知道"戒骄戒躁"，知道什么可为，什么不可为，"知足以自戒，知止以安人"；要懂得"尺有所短，寸有所长"，凡事没有一成不变者，"尺璧非宝，寸荫是竞"，无论年幼还是年长者，一生都要学习。

这把戒尺上，刻着《道德经》第十六章中的几句："致虚极，守静笃，万物并作，吾以观复。"这是观复博物馆名称的由来。老子说得多好啊！万物蓬勃生长，我观其轮回往复。这么件小小的器物，包含了这么多的文化内容，这就是我们中国人的器物文化的魅力。

　　我们为什么如此钟爱中国的器物文化？因为我们农耕民族强调追本溯源。孔子在《论语》里引用曾子的话说："慎终追远，民德归厚矣。"我们的先祖，在这块广袤的土地上，用了数千年的时间，辛勤劳作，点滴积累，十分不易；久而久之，中华民族对物充满了情感，在上面寄托了无尽的思想，让我们对物多了一层文化理解。

　　所以，中国人凡有正面情绪时，会说"拍案惊奇""拍案叫绝""拍案而起"，而负面情绪的宣泄只能"拍桌子砸板凳"。"案"与"桌"在精神层面的区别，只存在于中国器物文化之中。中国人常说"宁为玉碎，不为瓦全"，以玉碎之豪情反衬瓦全之悲哀；中国人常用的两个反义的成语，"如胶似漆"和"分道扬镳"，它们均来自文物。

　　我在节目中说过，有三种树对中华文明做出过重大贡献，依次为漆树、桑树、茶树。至少从五六千年前的河姆渡文化开始，我们的先祖就会使用漆了；战国时期，桑蚕的养殖应用十分普及，这让中国丝绸名扬东西方，输出到海外，渐渐形成了我们至今引以为豪的丝绸之路；到了唐代，饮茶普及，茶圣陆羽写出了教科书般的《茶经》，至今仍是行业的经典；至于分道扬镳的"镳"，为金属所制的马具，与"马衔"构成一组——百姓俗称的"马嚼子"，置于马嘴中控马前行或止步。真正懂得了"镳"，就进一步加深了对"分道扬镳"

的理解。

中国传统文化真的很神奇，我们时常感到它既熟又生。所以九年来，我们开采了一座座富矿，一点一滴地奉献给观众，同时也奉献给自己。每一个选题都加深着我们对文化的理解，录制节目当中常有恍然大悟之感。佛教中有醍醐灌顶之说，俗界中有积思顿释之义，都是在用客观事实表明物质与精神的关系。而这关系，在我们今天的生活中无所不在。

九年四百多期节目里，抵达录制现场的文物达三千件之多，展示、解释、利用文物的资料影像近乎万件。传统文化的宝库，应有尽有，在我们所有的选题确立后，还真没有碰见过找不到对应文物的现象，这一文化奇迹的确让观复博物馆与广西卫视的团队十分欣慰。

中国文物上寄托了中华民族的文化情感，每个拥有者都会有他人没有的感情，也会有别人难以感受到的乐趣。

记得刚开始录制节目时，有个女性持宝人带来了她的鼻烟壶，壶虽普通，但就她个人而言，却有一个曲折的故事。她在现场说着说着就哭了，她这一哭，我虽有些手足无措，但有一股热流从内心涌起。情感融于器物之中，说明了我们民族之能力，说明了文化之魅力。

　　还有一个中学生，拿着从市场上淘来的宝贝现场求教，态度之虔诚，内心之喜爱，全部溢于言表。我说过，文化的乐趣是终身的乐趣，不分贫富，只要掌握了就会伴随一生。这个中学生几年之后成了观复博物馆的一名员工，至今已能够单挑大梁，为观众讲课，真应了那句古语，"后生可畏"。这句话是孔子说的，全句是："后生可畏，焉知来者不如今也。"

　　记得节目策划阶段，要拟一个朗朗上口的口号，我们最终敲定了"文化说事，明白做人"。当时在全国范围内，凡收藏类节目，言必谈金钱，价值几许，还多是天文数字。而我认为，以金钱衡量文化和文物乃不得已而为之，文物之重要在魂，不在皮。市场价钱恐怕连皮都算不上。所以九年来我坚持只谈文化，不谈金钱。这虽对收视率有些影响，但对民族大业的百年大计而言，这影响微乎其微，小之又小。

　　"文化说事"是要通过文物、利用文化手段来阐述文明。举例说明：我曾把一条汉代鎏金蚕展示给观众，通过这件两千年前的文物，证明早在汉代我们不仅有了丝绸，还有了丝绸之源——桑蚕的精神崇拜，继而才有了我们在丝绸之路上的华夏文明。"文物—文化—文明"，三点一线地坚实证明了我们祖先的聪慧务实，乃至今天，"一带一路"已上升为我们国家的国策。如果我们在节目里为这些文物估价，说它价值如何，可以买房换车，是不是大煞风景？！

"明白做人"，是节目口号的下半句。做一个聪明者可能需要有慧根，做一个明白人只需要学习接纳即可。在我们的生活中，处处时时都会遇到这样或那样的问题，不一定每件事、每个问题都与文物有关。所以我们不单单展示文物，更多是讲述文物背后的故事，说清文物自身的道理。

记得我们在讲玉器的一系列节目中，将与上苍沟通的古人手握玉石、寻求感应称为"神玉时代"，将周礼形成之时、环佩铿锵拜见国君之举称为"礼玉时代"，将赋予玉器拟人化德行——仁义智洁勇的汉代称为"德玉时代"。此时，我挑选了一件我在二十几岁时购买的汉代玉蝉，玉质洁白无瑕，令人爱不释手。此玉蝉有蚁鼻孔，可穿系佩戴。汉玉蝉有两类，一类无孔，是为死者口中之物，古人以为蝉蜕壳可以再生，故含蝉而殁；另一类有孔，可佩戴，因古人认为蝉只饮露水就引吭高歌，高洁一生。"初唐四杰"之一骆宾王的《咏蝉》就有"无人信高洁，谁为表予心"之句，汉代侍从官也以戴蝉冠为荣，可见玉蝉在汉代之地位，所以才有那句出自《礼记》的"君子无故，玉不去身"之告诫。

九年的节目中，我们的口号只改过一次，将使用了六七年的口号"文化说事，明白做人"改为"老传统，新收藏；学国学，爱文化"。这口号直白，朗朗上口。在老与新之间，价值不断地转换，老有老的价值，新有新的价值，关键在我们如何引导，一引导自己，二引导观众，"以其昏昏，使人昭昭"是不行的。

凡事自己一定先弄明白，但弄明白传统并非一朝一夕之事。国学与文化是我们近些年的热门话题，何为国学？何为文化？自有学者解释，变幻多端，高深莫测。但对于普罗大众，凡我们可以亲近的称为文化，凡能够滋养我们的称为国学。从"床前明月光"这句小诗，到"四书五经"，都在国学的范畴之内。它既可以奠基中华文化大厦，又可以寓教于乐，潜移默化地滋养我们每一个中国人。

九年的节目录制真不算短，说句心里话，说录节目不累都对不住自己。每次录完节目，里面的衣服常常湿透，多数时候站得腰酸背疼，两脚发麻。与我搭档的主持人前后有四位，都是女性，她们是李朝珍、李嘉、杜沁怡、周蕾。现在调回镜头去看我和她们，我老了，她们成熟了。有的去大学当了老师，有的已为人妻为人母，岁月就是这样公平，一分一秒地流逝，经年累月地变化。我真的从内心感谢她们，回想每一次录像，回忆每一个细节，都历历在目，让人不由得一声叹息。

　　这一声叹息实际上是一声感叹，感叹人生如白驹过隙，转瞬即是百年。中华人民共和国今年七十华诞，而我心目中似乎还是十年大庆时的辉煌景象。我们的华夏民族从远古走来，黄河长江两条大河养育了我们，我们有物证的历史近万年，有文字的历史四千年，夏商周，秦两汉，魏蜀吴，西东晋，南北朝，南朝宋齐梁陈，北朝北魏东魏西魏北齐北周，隋唐五代十国，辽宋金元明清，直到中华人民共和国成立，才有了我们大多数人的今天。

　　像我们这一代20世纪50年代出生的人，与共和国一同成长，有苦难也有欢乐，有贫穷也有富有，而此时此刻我在想，我们所有的中国人，都在享受着中华文明、华夏文化数千年来积累的财富，世世代代都在坐享其成，无法言谢。

　　《收藏马未都》节目策划之初，我突然想，能否在结尾放一支片尾曲，让节目在轻松的音乐中结束？遂写了平生第一首歌的歌词，交付张亚东先生谱曲。歌词是这样的：琵琶半抱，心曲一首，玉碗斟满葡萄酒；雾里看花，欲说还休，千呼万唤总是愁；山重水复，柳暗花明，疑惑重重何时休……

　　"犹抱琵琶半遮面，千呼万唤始出来。"出自白居易的

《琵琶行》。"兰陵美酒郁金香，玉碗盛来琥珀光。"这是李白的《客中行》。"而今识尽愁滋味，欲说还休，欲说还休，却道天凉好个秋。"来自辛弃疾的《书博山道中壁》。"山重水复疑无路，柳暗花明又一村。"这是陆放翁《游山西村》的名句。

中国的文化宝库取之不尽，用之不竭，写一支歌，借几首古典诗词美意，于是《醉文明》一歌应运而生，让我们陶醉于文明之中，今人托古人之福，是谓大福。

九年间，四百多次上台，几千件文物，上万个知识点，最终汇集成册，就是十卷集的《醉文明》。古人说，抚今追昔，情不自禁。节目是动态的，书是静态的；对于我，这十卷集的《醉文明》放在书架之上，证明自己一生中宝贵九年时间的成果；随手翻上一翻，昔时的辛苦化成永久的甘甜。文明就是依靠积累，一点一滴汇入江河，注入大海。

九年已经远去，这是《收藏马未都》节目的最后一刻，我必须率队告别我心爱的舞台，我敬爱的观众。《红楼梦》中有一句经典俗语，"千里搭长棚，没有不散的筵席"，这句话自《红楼梦》问世之后，常常被人引用，一是缘此解脱，二是道理使然。纵然我舍不得观众，观众也舍不得我，但凡事都有规律，这规律古人说得明白，叫"九九归一"。

　　"九九归一"本是珠算术语，我隐隐约约地记得我在节目里还讲过珠算。算盘最初就是散珠于盘，用于计算，所以叫算盘，至少在汉代就有文字记载了。成形的算盘《清明上河图》中就有，宋代算盘就与今天无异了。珠算口诀中并无"九九归一"这句，这句俗语旨在讲述一个人生道理，凡事皆有轮回，讲究有始有终。"物有本末，事有终始"，中国古人讲究慎始慎终，九年前我们慎重做了这样一档收藏文化节目，九年后我们以讲演方式郑重结束了身体力行的一段马拉松式的长跑。让我能坚持跑到终点的是全体团队周密的协调工作，当然还有所有观众长久陪伴的助威呐喊。

　　再见了，这个让人留恋的舞台！

　　再见了，相处九年的专业团队！

　　再见了，与我同行的每一位观众！

　　谢谢，非常感谢！

2019 年 6 月　《收藏马未都》第 22 期

我在《收藏马未都》节目的最后一课

九年时间不算长，但也不算短，在每一个人的生命中，九年都是很重要的时间段。开启这一旅程时，我年过半百，如今已年逾花甲了。当时，我并不知这一程要走多远，也不知路途之中是否有坎坷，只是将那些原本熟悉可又有些生疏的文化现象、文化知识筛选出，捧给观众，与观众一同学习，一同重温。

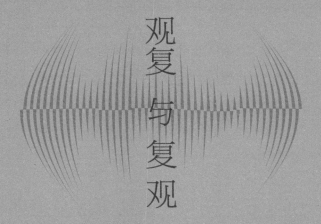

观复与复观

>>>　站在文物面前思考过去，我们可以看见我们
　　　的文化。我们正是通过一件件物证来看到我
　　　们的民族文化，看到民族生成的渊源。收藏
　　　就是收藏"看得见的历史"，感知文明，怡
　　　情养性。

吾以观复：博物馆之美

各位上午好！

我猜想肯定有人住得离南京博物院很近，近水楼台先得月嘛。也一定有人远道而来，这说明了南京博物院的魅力。南京博物院是在中国最早称为博物院的。我们今天的主题叫"马未都谈博物馆之美"，我谈不谈不重要，重要的是博物馆之美。

人类文明的三次革命

人类做博物馆的历史非常短。最早公开的、向社会开放的博物馆，一般来说都是指大英博物馆。在大英博物馆之前，还有很小的博物馆开放。大英博物馆开放已经有 260 年以上的历史，说起来也无非是清朝乾隆年间，距离今天不是很久远。

由于文化原因及历史频发战乱，中国古人讲究收藏秘不示人，"私藏"成为中国人的收藏传统。尽管中国人有规模、有系统的收藏历史已逾千年，但中国人办博物馆却晚于欧洲一个半世纪，直到 1905 年，南通人张謇才筹建了中国第一家公共博物馆。从我们有文字开始，四千年以来，中华民族积攒了这么多文明，为什么到了近代才开始有意识地做博物馆？说明人类的精神需求，尤其对美的追求，是在物质水平到达一定基础之上才产生的。从这个角度理解大英博物馆就不是偶然了，工业革命的成功使得英国创造了巨大的财富。

我们知道人类文明有三次大革命。

第一次大革命是农业革命。农业革命带来了种植和养殖，古人摒弃了狩猎采集的生活方式，进入了一个相对稳定的生活状态。中国虽然不是农业革命的发源地，但是将近三千年的时间里，我们的总体生活过得非常好。

第二次重大革命是发生在三百年前的工业革命。跟手工业时期比较起来，效率和产量大幅度提高，但是工业革命有一个特征，就是抹杀个性，生产出来的东西都一模一样。早期会带来一些新鲜感，比如第一次看到卓别林的黑白默片，第一次看到大型工厂的生产线、流水线，觉得很神奇。工业革命的好处，我们享受得很晚，实际是在改革开放之后。今天我们生活中的大部分物质享受，都是工业革命带来的。

第三次重大革命就是信息革命。今天所有人都身处其中，我们有点儿浑然不觉，但是你会发现，你的生活、你的行为，跟以前比有巨大的变化。信息革命还叠加了智能革命，这两项革命对于人类文明走向的推动，是不可预测的。我们恐怕都不能说清楚 20 年之后的世界将是怎样的，只知道很多重要事物会在自己手中诞生，比如说我们的手机。

每一次革命都使人类文明的走向发生巨大的变化，于是人类开始对经历过的一切进行收集、积累和展出。大英博物馆首先做了这一件事。大英博物馆最初的展品，来自一个叫斯隆的医生。他不仅是一位著名的医生，更是一位大收藏家，他生前有将近八万件藏品，五花八门，晚年时表示愿意将这些藏品留给伦敦市政府，以飨世人。当时，伦敦市政府花了八万英镑，将这八万件藏品收入囊中，并遵守对斯隆的许诺，免费向公众开放。直到今天，大英博物馆依然坚持着与斯隆医生最初的契约。

当你们今天去大英博物馆，不必花一分钱，非常畅快地步入其中的时候，应该感谢斯隆医生——这位先行者、奠基者。但是如果你发现博物馆中有些展览是收费的，也不要不愉快，为文化付费是表达敬意的一种方式。在大英博物馆，你会看到一些世界著名博物馆或者著名机构举办的展览，每个展览都非常重要。大英博物馆设有将近百个展厅，囊括世界各个地区的文化。中国古代文化物证就静静地待在 33 号展厅，其面积与古埃及、希腊等大面积展厅平起平坐。它不以惯常的分类方法展出，而是按年代排列，让各国观众在中国古代文化物证中徜徉，纵向推进，横向比较，给好学者以提示，给好奇者以学养。

中国文化具有强大的韧性

自有文字记载以来，中国的文化从未间断过，这在世界大文明中是难能可贵的，源于我们优质的文化基因和强大的文化韧性。今天去看四千年前的甲骨文，看"人文中国、日月山川"，这些字基本上都能看懂，说明这种文字沟通能力极强。汉字不是记音文字，而是象形文字、记意文字。尽管古今的发音已然不同，各地的方言也大相径庭，但是一看字形就能领会其义。

文字创造的巨大价值，就是实现跨时空沟通，尤其是在没有图像留下的时代。比如家人给你留个字条，"饭已做好在锅里，回来自己吃"，这就叫跨时空沟通。我们今天可以找到的文物里，有很多先人写下的文字，可能是当时的一张字条，甚至就是一份欠账单，但是承载着非常重要的信息。

中国的语音系统非常复杂，也在不断地变化。今天的南京人说的南京话，比如"南京大萝卜"，跟民国时期都有差异。我听过老舍先生的录音，听过末代皇帝溥仪的录音，发现他们说的老北京话是我小时候耳熟能详的。但是今天，在北京人里再也找不到这样的说话方式。

为了达成沟通上的便利，我们今天大力推广普通话，但在普及的同时，我强烈呼吁所有的方言都能够设法保留下去，继续口口相传。我不希望将来只能去博物馆里听录音——当年南京人是这么说话的，北京人是这么说话的。现在已经有很多年轻人，对自己所在地的方言只能听，不能讲。再有两代人，恐怕这种方言就会彻底消失。而方言的遗失，将是我们民族文化极大的灾难。

方言中有很多有魅力的表达，不仅仅是语音、语调的特点，更重要的是择词。每一种方言，都代表着一种地域文化。比如苏北话和苏南话完全不一样，苏北话我很多能听懂，苏南话基本上听不懂。比如上海话受西方文化影响非常大，讲究洋气。上海话里没有"钱包"这个词，太土了，他们叫"皮夹子"。

大英博物馆的良苦用心

　　进入大英博物馆以后，大部分中国人都会直奔中国馆，因为家乡亲切，所有的展品基本能看懂。看不懂也觉得自个儿看懂了，起码比看外国的东西懂。

　　我每次去大英博物馆，都有感慨，不仅仅是因为那些珍贵的藏品，在祖国最困难的时候流向海外，更是感慨于他们的思想跟我们的固有思想如此不同。我们的博物馆是按照品类来划分各个区域的。当你进入故宫博物院，有陶瓷馆、书画馆、青铜馆、玉器馆……大英博物馆则是按年代划分，将各个朝代的文物集中陈列在一起。比如汉代，你可以看到当时的陶器、原始青瓷、铜器、玉器……它给你一个在此时此地横向比较的机会，再一个朝代一个朝代地纵向推进。

　　横向比较非常重要，我老说文物是触类旁通的。我讲文物能讲所有的门类，任何一个门类我基本上都知道个大概，为什么？因为触类旁通。什么叫触类旁通？过去的相面先生一看你的面相就知道你是干什么的，遇到了什么事儿，这就是一个触类旁通的能力。说来也简单，凡是来算命的人，一种是大喜，一种是大悲，大喜大悲不是写在脸上吗？

去博物馆看文物也是这样，不是单看每一件。每件文物横向包含着很多信息，能读出这些信息的能力，叫横向判断能力。每个人实际上都有横向能力，比如远处走来一个人，你不认识他，但你知道他是中国人，因为他身上具备一些中国人独有的特征。文物也散发着很多横向信息，比如一件铜器耳上的纹饰，跟一件玉器一样，它们在共同传达着一个特定时期的文化的力量。

每个时代的社会文化态势都是一层层的，就像一层层幕布，遮住了舞台。当你把所有的幕布都掀开，看到最后的背景，一定是那个时代的政治。如果你对那个时代的政治理解够深，你对当时的文物就比较容易理解。所以，看文物不要停留在表面——曲线美不美，是光素的还是纹饰密布的——这些特征其实包含了很多文化的含义。

因此，逛大英博物馆的时候，尤其要去体会设计者的这份心思。有时候我听到有人一进来就说，"这里头怎么乱七八糟什么都有啊？"他的第一感觉是"乱"，因为原来的概念被打破了，他不认为这是人家的精心设计。

北方人过去宴请宾客，最后一道菜是什么？是汤。一碗汤端上来的时候，意味着这个宴席要结束了。而当你到了南方，人家宴席的第一道菜是汤，先喝一碗润润嗓子，润润胃，让你感到非常舒服。这叫用心良苦。

所以我们到了大英博物馆，一定要知道人家用心良苦。这种展陈方式尽管中国没有，也不大习惯，但不失为一种很精彩的展陈方式。

大都会艺术博物馆，提供一切问题的答案

美国的一群商人，看大英博物馆弄得挺好，说咱也做个博物馆吧，他们就做了一个大都会艺术博物馆。

美国是一个发达资本主义国家，它享受了资产阶级革命成功、工业革命以后带来的好处，迅速成为大国、强国，也有文化需求。美国跟欧洲不能相比，它是一个从文化贫瘠的土地上长出来的国家，所以急需文化。美国第一代富翁都很喜欢收藏，这一点跟华人富翁不一样。洛克菲勒家族、卡耐基家族等，用自己获得的财富不遗余力地收集藏品。卡耐基有句名言："在巨富中死去是一种耻辱。"

大都会艺术博物馆建成以后，经过一次一次地扩张，达到了今天的规模。一进门，二楼一圈是中国陶瓷史陈列，再到二楼长廊上转一圈，就能大致了解中国陶瓷历史发展。我说过一句话："你了解了中国陶瓷历史，就了解了中国的历

史。"所有陶瓷产生的背景跟历史是息息相关的，陶瓷的每一次进步也都跟历史发展有着密切关系。

大都会艺术博物馆把这样一个重要的位置留给了中国陶瓷，显然不是偶然的，它也知道将一个器物融于一个国家的历史多么不容易。我们是陶瓷大国，瓷器是我们发明的，乃至陶瓷的英文和中国的英文 China 是同一个词。这真的说明了陶瓷在我们国家历史上、文化上的重要性。

当然，我们去大都会艺术博物馆，不仅仅局限于看中国文物，里面展陈着世界上的许多文化，你的一切问题，都可以在这里找到答案——这是我只要去纽约，就不可能不去大都会艺术博物馆的一个主要原因。我经常思索很多问题，有的问题常年不得解释。当我带着问题进入中国的博物馆，有时候看完了出来，还是这个问题；但是我的很多问题一旦进入大都会艺术博物馆，总能得到全面解释。这是博物馆和博物馆之间的不同。

"建议票价制"与"墙上的咖啡"

大都会艺术博物馆是商人建立的，不能免费，这跟大英博物馆不一样。它一开始采用建议票价制，也就是说，不强制卖票，也不设统一票价，而是在入口处设置一个票箱，写上一个建议的金额，具体支付多少，取决于你对博物馆的价值的认知。

我第一次去，建议票价是 8 美元，这种建议票价制当时让我深受感动。如果你只有 5 美元，或者只有 1 美元，也可以进来。甚至你一分钱没有，同样可以进来。你用自己的钱证明自己的价值和尊严，这是给你的一个选择。

后来，建议票价涨到 20 多美元，再后来，就不实行建议票价，而是统一售票了，因为这些年蹭票的人太多。我一开始就讲，付费参观博物馆，是一种对文化的尊重。钱是忙出来的，文化是闲出来的，我们应该用忙出来的钱，来换取文化提供的这份悠闲。

我曾经也想过，观复博物馆是不是也实行建议票价。我的员工都打着哆嗦跟我说，那样肯定没有人买票了，而且还会很混乱，因为大家不理解这件事情。

我看到一个故事，叫《墙上的咖啡》。美国加利福尼亚州有一家咖啡馆，顾客可以选择买两杯咖啡，一杯自己喝，一杯上墙——请服务员在墙上贴一张纸，写着"一杯咖啡"，留给那些想喝咖啡又买不起的穷人。如果有人进来说，"我喝一杯墙上的咖啡"，等于前面的顾客替他买单了。

我做观复博物馆，也希望实行"墙上的门票"。我跟工作人员反复探讨这件事情，他们说管理起来非常困难，会有人占便宜。我说我宁愿让他占这个便宜，所有"想占便宜"的人，我都愿意替他付费。如果这些门票能够送达最需要的人，全社会都会有人支持我做这件事情。

观复博物馆不设休息日，除了大年初一到初三，平时都不闭馆。我认为一个远道而来参观博物馆的人，如果刚好赶上闭馆，可能就是一辈子的错过，日后再也没机会来了。

所以，我愿意为热爱文化的人提供一切便利，让他们有机会进入博物馆。每个时代的人都有精神追求，大都会艺术博物馆是世界级博物馆中的一个典范。

一个胸怀美国的英国人

美国华盛顿有一个博物馆群，叫"史密森博物馆群"，所有博物馆都隶属于史密森学会。詹姆斯·史密森这个人有意思，一百多年前就收集文物。他是英国人，不是美国人，但是英国已经有大英博物馆了，他打算把文物捐到一个没有文化的地方，就捐给了美国政府，只有一个要求，必须"用于增进和传播人类的知识"。也就是说，搁在仓库里肯定不行，得展出来。

史密森去世以后，美国国会立法，成立了史密森学会，在华盛顿建了一座庞大的博物馆群，包括弗里尔美术馆、萨克勒美术馆、美国历史博物馆、美国自然历史博物馆、美国艺术博物馆、美国肖像馆、美国航空和航天博物馆，等等。如果你有机会去华盛顿，我建议你腾出两天时间，去看看这个博物馆群。一天绝对不可能看完，太大了。史密森这个英国人多么高尚，把这样一份巨额财富捐给了美国政府。更神奇的是，他终生没有踏上过美国国土。

我总说，一定要把观复博物馆留给社会，不留给子孙。不是我高尚，而是走投无路——任何一件文物都比你活得长。我们今天一百零七岁以上的人才是清朝生的，中国一百零七岁的人没有几个，我们活不过一件物，我们既然活不过一件物，就不必在这件事情上纠结。收藏会给你带来快乐，你获取一件东西，那种内心的快乐是没法传递的。但是我真的没有史密森那样的襟怀，把自己的藏品捐给一个终生不会涉足之地，比如非洲某国。

个人成长和时代发展吻合，是我的幸运

我年轻的时候，喜欢一件东西就买回家，抱在被窝里整

宿地看。那时候为了看清楚，专门买了一个 300 瓦大灯泡，拧在台灯上。冬天还行，夏天热得没法待。有时半夜突然醒了，第一件事就是把灯打开，抱着东西看，从内心喜爱，进入了一个酷爱痴迷的阶段。佛教中有一句话，叫"积思顿释"，长期积累思想，可能在某一刻顿悟。我之所以有机会让自己的酷爱成为现实中的一份事业，唯一优于常人的，就是我赶上了一个时代。

大家熟知的朱家溍、启功等老先生，本事、学问都比我们大。我真的从内心佩服这些老先生，有坚实的国学基础。我知道这点事儿不算什么，我也永远不说自己是个读书人，小时候光贪玩儿了。他们这代人，是历史没有给他们机会，所以他们最终没有像我们一样能够做成一件具体的事。

朱家溍先生把当年的藏品全捐了，都是国宝级的家具。捐的时候是好的，从北京运往承德避暑山庄途中，没有高速公路，土道乱颠。半道上司机把所有家具卸在一个农家院，给人拉了两趟煤，做了点私活，回来又接着运这个家具，在路上丢失牙板一块，非常可惜。那时没有人在乎这些国宝级家具，没有人知道它们的文化价值。

在我很年轻的时候，身边大部分人对文物不感兴趣，他们认为我精神不大正常，也很烦我跟他们说这个事。我那时候买一件瓷器，好不容易买到手，兴奋，找人看，跟人家分享快乐，谁也不看。所以我认为，我比老先生们赶上的时代好，才有这样的历史机遇。我出生的时候，战争停止了，国家进入和平建设的时代。当我稍有经济能力的时候，又赶上一段很长的百废俱兴的时期——改革开放头 15 年。

1987 年，北京琉璃厂有一个商店叫虹光阁，是所有琉璃厂门店里最小的。这个店突然大发善心，肯把文物卖给中国人。为什么说大发善心呢？当时琉璃厂的东西不卖中国人，买东西需要出示护照，用外汇结算。但是 1795 年（乾隆六十年）以前的东西不许卖。也就是说，有相当一批东西，既不能卖给外国人，也不能卖给中国人，没地方卖，所以虹光阁开了一个店专门卖给中国人。

开张那天，感觉里面非常拥挤，其实也就二三十人。所有今天被视为"重器"的文物，统一标价：乾隆官窑 400 元一件，雍正官窑 500 元一件，当天打 9 折。今天，随便哪一件的售价都是原价的一万倍以上。当时，我倾尽全力买了很多，背都背不动。

那时候我在出版社工作。儿子大了，要看动画片，我说买个录像机，办公室的同事很惊讶，说你居然没有录像机？因为我觉得那玩意儿没用，花好几千块钱买来太不值。几千块钱，可以买多少文物？半间屋子。我对所有"新生活方式"都不追求，别人家倾其所有，买一台 19 寸彩电，我家就一台 9 寸黑白电视，觉得已经很好了。

我曾经说，我们跟时代发展的曲线吻合。我成长的年代、经历和能力正好跟国家成长的曲线吻合，所以我非常荣幸地做了中国第一个具有法人资格的私立博物馆，1996 年 10 月30 日获批，1997 年 1 月 18 日向社会开放，今年是开放的第22 年。对我来说，最初就是一个乐趣，内心喜欢，不知深浅也没有规划，就是凭着热情，做了一个展览，有人看，那个展览固定下来就是一个博物馆，后来逐渐演化成一份责任。

我觉得时代是我们的恩人。每个时代都有每个时代的问题，每个时代也有每个时代的好处。所以我们遇到问题不要抱怨，遇山开路，遇河架桥。每个人在生活中都会遇到各种复杂的事情，人生不如意事十之八九，多么正常的状态！

用财富反哺社会，是人生最好的选择

美国西海岸有一个盖蒂博物馆，如果去加州，可以去看看。盖蒂博物馆太奢华了，它的创始人保罗·盖蒂是个企业家，生前做过 60 多个公司，功成名就以后转向当代艺术收藏，在家乡洛杉矶买下土地，请大师设计了一座博物馆。

跟他相比，我没这个能力，我不是一个做企业成功再去做博物馆的人，我就是一个做博物馆的人，把一个博物馆从小养大，像一棵悬崖绝壁上的歪脖松，长不大，死不了，在岩石裂缝中靠一点水分和土壤活着。

我去过盖蒂博物馆，在门口坐小火车，7分钟才上去，你想想那有多大。上去以后，看到这座博物馆，居高临下，俯瞰洛杉矶。我当时就想，这里一定留有盖蒂的雕像，我要去看看他是什么样。

我们印象中的纪念雕像，一定建在一个高台上。盖蒂的雕像不是这样的。他跟真人一样大，非常平等地站在地面上，底板上写着生卒年月，其他什么都没有。你可以面对面地平视他。我站在那里看了半天，注视着他。他不会知道我，但我会记得他。

今天的人们有机会审视历史，因为先贤留下了巨大的文化宝库。我们做博物馆，就是一次又一次地标记先人在每一个历史时代达到的高度，清晰地展示出文明的进程。我总说，文明的革命很大程度上是容器的革命。从先祖用泥巴捏成的容器，到今天的房子、飞机、火车，乃至手机——它能容纳海量的信息，都是容器。在博物馆，我们可以清晰地看到变革的发生与文明的进程。我们在这样的革命中，不断地享受它带来的好处，所以我们就要腾出时间看博物馆，去看看这些为博物馆做出巨大贡献的人。

加州还有个亨廷顿庄园，也是博物馆，非常大，里头有个苏州园林。那天我叫了一辆出租车，本来计划让司机等我一会儿，最多两个小时就出来。可我进去后就开始纠结，第一间展室就挂着莫奈，我知道俩小时出不来了。想来想去，我还是让一个同行的人半道跑出来，跟司机说对不起，付钱给他，让他先走了。亨廷顿庄园很大，我们看了一天。我不知道创始人亨廷顿的生平，但我认为一个人把一生中获得的财富投入一项公众事业，是人生最好的选择。

在人类文明的三大革命里——农业革命、工业革命、信息革命，产生富翁的速度和形式不一样。工业革命时期产生的富翁数量远远多于农业革命，当你掌握了一门技术，或者拥有巨大的生产力，就可能迅速成为富翁。英国工业革命以后，很多人的致富速度非常快，不需要几代人的积累，一两代人就可以发财。信息革命时期更是如此，产生的富翁都是巨富。不管哪个时代的富翁，都有一个共同点：当拥有的财富达到极致，他们会不约而同地思考，人类文明最重要的是什么呢？是文化。所以他们开始做文化。

在我刚才讲到的西方博物馆中，除了大英博物馆、大都会艺术博物馆这种具有特殊国家背景的，史密森博物馆群、盖蒂博物馆、亨廷顿庄园，都是以创始人的名字命名。中国不一样，叫"马未都博物馆"连工商注册都过不去，因为我们不注重个性表达，我们注重共性表达。

对了，英国还有一个很重要的博物馆，叫"维多利亚与阿尔伯特博物馆"，也是为了纪念维多利亚女王和阿尔伯特亲王而命名。巴黎有一家吉美博物馆，吉美也是创始人的名字。他很喜欢东方艺术，收藏了很多亚洲藏品，其中不乏中国的文物。有机会去巴黎时，不要仅仅去卢浮宫，一定要去吉美博物馆，看看我们的文化在西方有着怎样的一席之地。

谢谢大家！

2018 年 1 月　南京博物院讲坛

我在上海观复博物馆金器馆

博物馆可以给好学者以提示，给好奇者以学养。面对文物，我看见的是中华民族厚重的历史和文化；面对观众，我欣慰的是这种传统历史文化终于被看见。

何以收藏

　　以收藏而言我们无疑赶上了一个好时代，像我这个年纪的人都可以感受到时代带来的幸福。今天在座的有很多我的前辈、长辈，他们就更能感受到社会的变化。不仅仅对于收藏，这个时代对于整个民族而言，都是一个非常幸福的时代。我们知道中华文明几千年的历史是战争时期多于和平时期，贫困时期多于富足时期，而我们赶上了富足的时代。今天，对于大部分中国人来说，吃穿已经不成问题，所以我们开始追求精神享受，这就是收藏。

　　文明的高度不是一次达到的，我们的文化有五千年的历史，这是有文字记载的五千年历史。这五千年历史中，每个时代都有一个标志性的东西，比如商周的青铜器、秦代的兵马俑、汉代的鎏金器、唐代的唐三彩、宋代的陶瓷绘画、元代的青花、明清的官窑等。这些都给我们一个提示，提示我们的文化曾经达到过一个什么样的高度。

我们很多文化都是深入人心的，在历史上达到非常高的高度，但可能后来断裂了，比如青铜文化。我们也有很多文化曾受其他文化的影响发生了改变，比如起居文化。我们是世界上唯一一个由席地坐彻底改为垂足坐的民族。中国人非常容易接受外来文化，可以说我们是一个胸怀博大的民族。

我们更有绵延五千年不断的独有的文化，比如玉石文化。今天很多人愿意随身佩戴玉，给自己一个精神安慰，给自己一个心理满足。有次去做足底按摩，技师跟我说："马先生我们都熟了，我在摊上买了一块玉，你帮我看一下是什么朝代的。"这就可以看出玉石文化的深入人心。我看玉是一个新的——这个不用说，他在地摊买到老的可能性不是很大。我问他花了多少钱，他说 3000 块。我当时听了很震撼。在座很多大的收藏家，很多世界纪录都是你们创造的，但你们不能想到一个做足底按摩的技师，这个社会最基层的人，愿意花 3000 块买一块玉。当时给我的震撼远超出一个世界纪录的诞生。这就是我们文化的宗旨，我们收藏文化的宗旨就是感知文明、怡情养致，这种怡情养致已经下到最基层。

　　中华文明在朝代的不断更迭，农耕文化和游牧文化的交织和碰撞中产生，是一个非常丰富的杂交文化，这给了我们很多提示。我一直说中国人是来者不拒的，来到我这儿就变成了中国文化。追根溯源，我们的很多文化是外来的，但是自己都已经习焉不察，都认为这个文化理所当然就是自己的。

　　今天我们把对于文明的尊重提到了一个新的高度，上海市人民政府能够组织这么大规模的收藏盛会，我觉得在过去都是不可想象的。当我们把尊重文明变成非常具体的事情的时候，必须回顾曾经的那些沉痛的历史。我们在座绝大部分人都经受过这段历史。我 11 岁那年，"文化大革命"爆发，我对于文物第一个感受就是，人们为什么对这个东西如此的痛恨，原因何在？我十几岁看到破坏文物的现象，今天说起来都非常可惜。

　　我们今天依然没有把保护文化提到应有的高度，有时候潜意识里依然觉得破坏是不可惜的，并没有强烈的意识去保护自己的文化，不是很能够自觉地去抵御对文化的侵略，所以很多城市就变成了今天这个样子。全国各地到县级城市逐渐失去了自己的特色，如果把路牌都捂上，你空降下来都不知道自己在哪里。地域文化的符号在一点点消失，我今天看到的北京跟我小时候的北京完全不一样，我今天看到的上海也跟我第一次来上海看到的完全不一样。这样下去，我们还能有多少东西留给后代呢？

　　我们要保护自己创造的文化，就像我们的方块字一样。中国能够到今天仍是一个泱泱大国，我们必须感谢秦始皇，不管他怎么焚书坑儒，不管从史学的角度来看他做了多少恶事，但是他统一了文字，使我们的国家无论有多少战争，有多少冲突，最终还是一个泱泱大国。如果没有统一的文字，今天可能到上海来就是"上海国"，到广州去就是"广州国"，大家的语言是不通的。当语言不通的时候，就依赖于文字，我们的文字把我们紧紧凝聚在一起。

　　我们该如何在具体的事情上重视我们的文化呢？收藏给了我们很好的启示。中国的许多城市都经历过一个"拆"的历史。在我小时候，北京是有城墙的，我对北京城墙有非常深刻的印象。那时候西直门城墙我们还经常上去，西直门的最后一个瓮城——全中国独有的一个方形瓮城，是 1969 年拆的，到今天不足 40 年。因为修地铁说这个东西碍事就拆了。后来我还看到一些资料，曾有两次动议说要拆掉故宫建人民广场，幸好人民的广场没有出现，不然故宫就没有了。

　　前两天我去景德镇，景德镇有一个红塔非常有名，当年救过朱元璋一命。据县志记载，当年朱元璋为躲避陈友谅的追兵，藏进这个红塔，追兵到此看到门口很多蜘蛛网就没有进去搜，朱元璋因此躲过一劫，才有了明朝。如果没有这个红塔，可能就是陈友谅称帝了。问题是这个红塔周围还有四座与之齐名的塔，如今都荡然无存，都是20世纪50年代"大跃进"拆的，塔砖被拿去盖了猪圈，当时报道这几座塔"焕发了青春"，这是我们以前对文化的一个态度。

北京有个皇城根遗址公园，那里有一块碑，碑上是一段歌功颂德的话，说这遗址公园有多么多么好。我看到时非常气愤，如果让我来写这块碑的碑文，我一定这样写：北京城曾经是一个什么样的古城，有什么样的一段城墙，保留到什么时候，由于我们的无知被拆掉了。一个偶然的原因，剩了这一段残垣断壁，我们一定要以此为训，记住这段历史。

从这样一段又一段的历史中，可以看出我们是一个非常容易拆掉过去、忘记过去的民族。我们今天只有对这段伤害文化的历史有所反省，才能够有所进步。不反省就绝不会进步，历史一定会重演。

今天我们谈收藏文化的时候，一定要知道我们文明的坐标每个时期都在哪里。文明的坐标是由文物来标识的，不是空泛的。每个时代都有它自己的文物来标识它曾经达到的高度。这个高度第一是文化的高度，第二是艺术的高度，第三是科技的高度。可惜我们的民族在宋明以后对于科技的追求越来越淡，天天沉迷于艺术的享受，对科学的成就关注不够，最终导致后来的衰败。

　　中国历史上有很多次收藏热。北宋晚期，作为最高统治者，宋徽宗向社会传达了一个官方的态度。他自己任画院院长，表明对文化的尊重。第一次收藏热形成。

　　到了晚明，人们对生活质量有所追求，注重生活中的精神享受。生活的质量不是靠物质来体现的，而是靠精神来体现的。明代文人对生活质量的追求达到了登峰造极的高度，很多文人都留下了巨著。第二次收藏热因此形成。

　　康乾盛世是中国历史上最长的一个盛世。中国历史上的所有盛世都不会超过 40 年，但是康乾盛世历经一个世纪。在这一个世纪，形成了中国历史上的第三次收藏热。

　　到了晚清民国的时候，收藏成为达官政要、社会名流的一个癖好。在社会动荡的同时，第四次收藏热日渐升温。

　　今天是第五次收藏热。这次收藏热和历史上的收藏热相比，最大的不同就是广泛性和民间性。

　　那么我们收藏的目的是什么呢？我想收藏的目的肯定不是聚财，而是教育。我们要教育下一代人，这对我们来说非常重要。所以我在 1992 年就突发奇想要做一个博物馆，到今天 16 年过去了，我要把这个博物馆永久地留给社会。

每个人的生命都是有限的，有个词叫"物是人非"，我们活不过一个物去。站在文物面前思考过去，我们可以看见我们的文化。我们的文化就是我们民族的生命，我们正是通过一件件物证来看到我们的民族文化，看到民族文化生成的渊源。收藏就是收藏"看得见的历史"，感知文明，怡情养性。

我们一生当中有很多很多的乐趣，不同年龄段有不同的追求。年轻的时候，男孩追求女孩是第一大乐趣；成年以后对于资产的追求，比如说房子、车，这些都是乐趣。但是当一个人真正成熟的时候，物质的乐趣就会消失，精神的乐趣会随之而来。那么文化的乐趣呢？文化的乐趣是永恒的。我常说伴随你终身的乐趣一定是文化带给你的。只有珍惜我们自己辉煌灿烂的文明，才会有美好的明天。

谢谢大家！

　　　　　　　　　　　2008 年　上海华人收藏家大会

我在百家讲坛讲课

追求物化的中华民族，继承着先贤的思想，满足于安逸的文明，将生活一点一滴地美化，让我们看见文明的延续。所以文物是我们了解历史的途径。文物不言，却能真实地诉说其文化背景，描述成因。收藏的目的我想肯定不是聚财，而是教育。收藏的是文物，传播的是文化。

器物之美

此刻雨过即将天晴，我们相聚太庙，不管是我还是你们，都只是历史的一瞬，但这个建筑在这儿已经好几百年了，至少有二十多位皇帝曾在这里虔心地为祖宗磕过头。

永乐皇帝在永乐三年（1405 年）开始决心迁都北京，整个故宫用了十四年的时间建成。从现在算起，还有五年的时间，到 2020 年就是故宫建成六百年。很多人会认为中国最大的单体宫廷建筑一定是故宫的太和殿，其实并非如此，太庙才是中国第一大单体建筑。在这里我可以跟大家说一个简单的数据：面阔，太庙 11 间，太和殿也是 11 间；进深，太庙 6 间，太和殿 5 间；占地面积，太庙 2240 平方米，太和殿 2377 平方米；高度，太庙约 32.5 米，太和殿大约是 27 米。

这 5.5 米的高度差使得太庙的体量感就增加很多，比太和殿大 8600 立方米，人进去以后会觉得自己非常渺小。人越渺小，越会对祖先和神灵敬畏。

太庙里有中国现存最高最粗的楠木大柱，目测直径超过 1 米。几百年以来形成的幽暗包浆美不胜收。北京是不产楠木的，这个楠木需要从遥远的云贵川运到北京，其中的困难超出我们的想象。不像我们今天运输手段的多样化，那时候就是靠水路。把几十米高、直径超过 1 米的大树从云贵川的深山老林中伐下来，一直到运到北京，其过程危险而漫长，要至少三年。这三年，运工、河工要跟这些木头相依为命，趁着丰水期、雨季上路，旱季只能搁浅等待，很多人为此付出生命的代价。明代的文献记载，在四川伐一棵这样的楠木只需二两银子，运到北京合六百两银子，是三百倍。但中国人就是有这样的毅力，把这些东西运到北京，支撑皇家的太庙，为的就是敬天法祖。

太庙从建筑等级上讲是最高等级，两层房檐，专业术语叫"重檐"，屋顶叫"庑殿顶"。庑殿顶是中国建筑的最高等级，一共有五条脊，中间有一条房脊，然后四条斜脊下来。所有顶上的面都是弧形的，带着一种说不出来的优美。这一道弧线反映了我们民族内心的那种微妙的变化，下雨的时候可以看到屋顶滴水的状态，雨水会有一个缓冲再下来。天安

门是歇山顶，重檐歇山，上面有一块直的山墙，下来以后再
撇出去，等级就降了一格。中国古代建筑都是有等级的，庑
殿顶、歇山顶、悬山顶、硬山顶、重檐、单檐……古人设置
了无数的等级，在当时代表一种秩序，维持社会运转。

　　中国人有祭奠祖先的习俗，最后形成了一种文化传统。
我们在夏代的时候就祭祖，当时也盖房子，叫"世室"。到
了商代改名叫"重屋"，到了周代叫"明堂"，秦汉以后就
叫"太庙"。"太"这个字非常重要，跟皇家直接沾边的都
叫"太"，比如说太师、太傅、太保、太上皇，凡是跟"太"
关联的词都彰显着地位。今天的太庙，作为中国体量第一的
古代宫廷建筑，是明清两代皇帝祭奠先祖的地方。有四个字
可以高度概括这件事，叫"敬天法祖"，这是太庙或者说是
过去统治者的核心价值。

　　作为明清两代皇帝祭奠祖先的地方，虽然如今的太庙早
已不见规模盛大的祭祀仪式，但透过这庄严殿宇的一砖一瓦，
仍可见往日的恢宏。我们看"太庙"这块匾，左侧汉字，右
侧满文，中国古人尊左，这就是一种文化的致意。

　　中国人是有大国情怀的。中国疆域广大，南北方之间有
很大的文化差异，怎么把这种文化差异统一在一种文化之下
呢？我们的先人做了无尽的努力，首先是思想的确立。2500

年前，老子、孔子、庄子相继诞生，中国人有了自己的核心价值和自己的思想。在春秋五霸、战国七雄之后，秦汉开始统一；三国两晋南北朝，国家四分五裂，隋唐继续统一；五代十国再次分裂，到了宋元以后又逐渐统一。宋朝时文化非常强盛，尽管国土一缩再缩，但是思想不停地在完善。

中华民族又是一个开放的民族，能够接纳其他文化为自己所用，最终又形成自己的文化。历史上，我们的着装、起居、饮食习惯都曾有所改变。比如我们有筵席、椅、凳、桌这样的词汇。筵席是因为古人曾席地而坐；椅的本义是倚靠，所以是有靠背的；凳原来是用来踩的，所以是没有靠背的；桌的本义是卓然而立，所以是高起来的。我们的文化就是这么一点一滴形成的。不管是秦汉隋唐还是宋元明清，不管是农耕民族还是游牧民族主宰，不管如何改朝换代，我们都有一个强大的文化价值观，一直坚守着自己的文化。

我们可以从文物说起。今天很多人开始喜欢和关注文物。瓷器从商代的原始青瓷到今天走了将近三千年，质量逐渐提高，到了宋代景德镇烧造的影青，青如天薄如纸，声如磬明如镜，达到了炉火纯青的程度，而那时候西方还没有人知道青瓷为何物。到了元朝，蒙古大军一路西行，带回了伊朗萨马拉的一种叫"钴"的青料，画在景德镇的白瓷上，艳丽无比，这就是元青花的诞生。元青花是蒙古文化、波斯文化和中国文化的一个结合物，是多种文化的结晶。它出现以后，就占据了陶瓷的霸主地位。七百年来，无人能撼动它。今天不论在世界哪个地方，提到青花瓷，大家都知道是中国人发明的，但其实是我们学习来的。

到了明清两代，宫廷开始建立官窑制度，一直延续了几百年，脉络清晰可见。明代永乐皇帝开始重视瓷器的烧造，所以才有了很多独特的瓷器品种，比如甜白瓷、压手杯。如果有机会上手拿一个压手杯，你会觉得这东西特别神奇，这么小的一个杯子，正合虎口。为什么几百年前的人可以烧造如此漂亮的器物呢？这是皇家对器物的一种追求，这种追求反映在这个器物中，携带了巨大的文化价值和历史信息。

举个例子，明朝初年的瓷器是不画人物的，洪武、建文，到永乐，全世界可以确认画人物的永乐以前的瓷器大概不超过几件，还不敢百分百确认是永乐的，也可能是宣德早期的，只不过没落款而已。长达六十年的时间为什么这么多官窑上都不画人物呢？元代的青花，比如著名的萧何月下追韩信的梅瓶、鬼谷子下山的罐子、三顾茅庐的大罐、细柳营的画片等，全部是人物故事，但到了明朝初年为什么器物上的人物都消失了，我想其中一定有巨大的政治原因。

关于陶瓷，我写过两本书，一本是《瓷之纹》，一本是《瓷之色》。在撰写《瓷之纹》时，为了解释人物在明早期的瓷器上消失的原因，我翻了很多书，但找不到其中原因。终于有一天我恍然大悟，我们的文化一定跟社会紧密相连。

为什么唐诗在唐朝非常流行，是因为唐朝人本身的浪漫。诗歌表现的就是浪漫，诗歌很少有故事，都是情绪。"身无彩凤双飞翼，心有灵犀一点通"就是一种情绪。到了宋词，都是写具体事件。"蓦然回首，那人却在灯火阑珊处"写的是情景，因为宋代推崇务实的哲学，所以宋词写的就比唐诗务实。到了元朝，游牧民族统治天下，元曲的故事性就更强了，非常容易听懂。元曲的故事表达性是超过宋词的，所以我们就看到了元青花上画的"萧何月下追韩信"，这些无非就是当时文化的直接表达。在这些戏曲表达中，也在传达一种政治理想。明朝想要复宋，就要遏制这种表达。朱元璋在洪武二年就下令唱戏都得是国家的戏班子，从洪武到永乐年间对所有的演出管理得非常严，不许草台班子唱戏，唱错一句词就割去上唇。在这样的政治压力下，还有谁会把人物画到瓷器上呢？这就是历史、政治对器物的一个影响和制约。

到了明朝后期，江南富庶，才有了《金瓶梅》这样的市井小说。《金瓶梅》可以看成晚明的生活画卷，可以当成晚明的食货志去读。明式家具也产生于这个时期。晚明百姓的生活不都是民不聊生，不然不会有《金瓶梅》。明朝末年至少有四支力量想统一中国，李自成、大西军张献忠、南明吴三桂，最没有可能的就是满族人。据统计，满族当时连老带少连男带女不到六十万人，当时中国人口一亿人。为什么满族人能够长驱直入呢？是因为当时中国已经是一盘散沙。满族人进入中原以后，遇到了强大的文化抵抗，开始接受和学习汉文化。今天我们从故宫博物院的档案中可以清晰地看到，从顺治皇帝开始，每个人都在兢兢业业地学习汉文化，康熙写得一手好字，学董其昌，明末江南的知识分子很多都崇尚董其昌的字，皇上写一手董字，表示了对汉文化的尊重。

康熙、雍正、乾隆三朝，瓷器在工艺上达到了巅峰状态。康熙平定江山以后，马上让景德镇御窑厂恢复以前的陶瓷品种；到了雍正时期，可以烧造五十七种瓷器。康熙派郎廷极，雍正派年希尧，乾隆派唐英去做督陶官，他们都是朝廷大员。为什么皇帝会关心烧窑的事呢？这就是文化的召唤。

今天很多国宝级的瓷器让我们叹为观止。透过瓷器，我们更应该看到的是先贤创造的巨大文化。这种文化通过一代代人口口相传，最终化解到一个器物上的时候，你能理解多少就理解多少，你的深度决定你理解的深度，但是浅有浅的乐趣，深有深的乐趣，这就是我们文化的高明之处。举个例子，康熙时期最著名的红釉——郎窑红，"脱口垂足郎不流"，如初凝之牛血，不让人一眼看透；到了雍正时期的祭红，颜色之均匀不可想象，呈现一种橘皮的状态，是一种非常收敛的红；到了乾隆时期，有金红。每一个皇帝有不同的文化修养，才有不同的文化追求。

现在全国各地有各种博物馆，每个博物馆都收藏着各种中国古代器物。器物最能反映人的生活状态，它和书法、绘画不一样，书法和绘画都是精神层面的追求，生活中不能直接运用，但我们的陶瓷、我们的家具、我们的竹木牙角器在生活中都可以直接运用。没有一个中国人终身没有使用过瓷器，没有一个地球人终身不使用中国人发明的瓷器。

我们把真正的瓷器烧造出一千年以后，德国人在1710年才烧造出来真正瓷器，那时候是康熙晚期。我们已经有无数美不胜收的瓷器问世的时候，他们才刚刚开始能烧造一个白盘子。但是晚清以来我们开始落后，我们国家这一次的崛起呈现了我们民族文化的一种心态，是我们知道需要奋起直追。我们今天再去看先贤创造的文明实物的时候，除去对他们表示尊敬，更多的是要表现我们这一代人的决心，这个决心会使我们的民族在不远的将来重新屹立于世界之林。

谢谢大家！

2017 年　太庙国学讲坛

老照片中的太庙

我们文明的魅力很难用语言来表现，无论是谁，在浩如烟海的中华文明面前，都显得渺小而微不足道。

扫一扫，听我讲
《文明的阅读》

文明的阅读

　　文字的出现，无疑是文明的重大节点。尤其是古文字出现后的持续不断地使用，证明了一个民族的聪慧及高瞻远瞩。三千六百年多年前，甲骨文在殷商诞生，它辅佐中华民族一步一个脚印，从远古一路走来，不间断地迈入了现代文明。

　　这是古老又有着强大生命力的文字——汉字。它让我们中华民族有了属于自己的阅读。一个西方汉学家曾和我说："你们中国人幸福啊！稍加训练，就可以看懂这古老的文字，就可以和祖先无障碍沟通。"

　　"山川云雨，日月人文"这八个字即使用甲骨文写作，我们仍可以阅读，仍可以知道古人所为所想。还有哪种文字，能传递这种简单又复杂的幸福呢？

在汉字出现之前，中华民族有着漫长的文明史。黄河、长江两大流域孕育滋养着中华民族。河南的裴李岗文化，河北的磁山文化，山东的大汶口文化，山西的陶寺文化，陕西的半坡文化，内蒙古的兴隆洼文化，湖南的彭头山文化，湖北的屈家岭文化，江苏的马家浜文化，浙江的河姆渡文化，还有创造了"天人合一"精美绝伦玉器的良渚文化。尤其在良渚文化遗址中，已发现 750 多个文化刻画符号，足以证明良渚先民已开始了早期文明的阅读。

所有这些新石器的文化，各自用自己的篇章，组成了中华文明这一本宏大的书，让我们能阅读五千年民族沧桑，尽览亿万里江山美色。

阅读，不仅仅是阅读有限的文字、阅读业已成书的读物，更多的是阅读无字天书，阅读大自然的赐予，阅读人类创造的文明。无论是可见的、实实在在的事物，还是虚无缥缈的一种感受，阅读是一种能力，只有阅人阅己阅事阅读无数，方可览尽世事沧桑、人间繁华。

我老是说，有三棵树养育了中华民族。

　　第一棵是漆树。河姆渡文化漆碗就是例证，这可是六千年前的产品。残存的朱红漆色是先人的殷殷之心，也是至今的吉祥之色。

　　第二棵是桑树。良渚文化钱山漾丝绸残片已有四千多年的历史，至今仍能看清编织时的脉络。成团的丝带传递着远古时代工的技巧、美的信息。

　　第三棵是茶树。汉景帝汉阳陵出土的茶告诉我们，至少两千多年前，我们就开始饮茶了。早期的茶还不能普及，只供贵族享用，涤烦解渴，祛病消灾。两千年过去了，饮茶已成为全世界的习惯，但它仍保留了消暑祛病的原始功用。

　　这三棵树与中华民族结下了不解之缘。河姆渡漆碗不再简简单单是只漆碗，它是我们先人用漆之始。漆有两个功能，先是防腐，后为装饰。在这个思路下，中华漆器日益壮大。

　　而后战汉时期的漆简，为我们记录了历史，展现了书法。长沙马王堆汉墓出土的漆器，上面写着"君幸食""君幸酒"，想想有吃有喝真是幸福！再后的历代漆器，琳琅满目，美不胜收，装点我们生活的同时，还装点了我们的思想。有关漆的文化，历史留下了如胶似漆、丹漆随梦、漆黑一团、吞炭漆身等成语，还有"丹漆不文，白玉不雕"的朴素道理。

钱山漾丝绸残片表明丝绸四千多年前在良渚就已非常成熟，因而它获得了"世界丝绸之源"的称号。从"氓之蚩蚩，抱布贸丝"到"春蚕到死丝方尽，蜡炬成灰泪始干"，丝绸又走了两千多年。在丝绸华丽的外表笼罩下，文学有了抽丝剥茧、一丝不苟、墨悲丝染、千丝万缕等众多成语，这让我们的文学和生活一样绚丽多彩。

唐代人陆羽来到湖州这块宝地，隐居写作，十年而成《茶经》。"茶者，南方之嘉木也，一尺二尺，乃至数十尺。"茶在陆羽的笔下第一次总结成书，"腾波鼓浪""啜苦咽甘"；至宋，开门"七俗"——柴米油盐酱醋茶，配以"七雅"——琴棋书画诗酒花，逐渐成为国人精神与物质完美结合的产物，至今仍为国人日常生活的主流。

漆树、桑树、茶树，完全是大自然的无意赐予，可我们的先人慧眼识珠，将其遴选成优，数千年来为中华民族物质享受增色添香，为精神世界树碑立传。

读懂这三棵树，就会知晓我们先人的不易，就会知道古老文明的漫长，就会懂得文明是一种积累。在文化的包裹下，越发显现它那强大的力量，这力量无可比拟，构成了中华民族绚丽多彩的画卷、复杂深奥的华章。我们作为过客，来去匆匆，尽享其乐，那我们还有什么道理不赞美，还有什么理由不感恩呢？

　　中华民族跨过战国，直至汉代的高速发展，来到魏晋南北朝。这是艺术大发展时期，各门艺术都有登峰造极之作。绘画有顾恺之、曹仲达；书法有钟繇、王羲之；诗歌有谢灵运、陶渊明；文学有钟嵘、刘勰；雕塑有云冈的昙曜五窟、青州的北魏佛像。进入唐宋，"文学双璧"唐诗宋词异军突起，让我们的文学从此不再是达官贵人的享受，而成为平民百姓的乐趣。这些艺术，至今都在影响着我们，让我们"登山则情满于山，观海则意溢于海"。所有这些，我们必须经年累月地认真阅读，才能达到苏轼所说的："博观而约取，厚积而薄发。"

　　浙江著名的钱塘江大潮就是厚积薄发。"涛似连山喷雪来"，每年来一次。人类的每一次科技革命大潮，都会导致社会重大进步。农业革命、工业革命，无不如此。这次信息加智能革命是人类历史上最强革命，我们设身处地其中，有些茫然不知所措。可当我们能够拓展阅读，打开视野，不再囿于书本的局限，就会在这场科技革命大潮中勇立潮头，成为古人笔下的"弄潮儿"。

　　中华文明是一本厚重的大书，从新石器文化的曙光算起，至少有一万年了。如果把一年记录在一页纸上的话，这本万页大书，每翻动一页都会有所变化。它不仅记载着我们优秀民族的丰功伟绩，还记载着我们曾有的灾祸和苦难。正是所有这些构成了我们自立于世界民族之林的独特文化，而这文化铸就了中华文明，反哺了我们每一个中国人。

我们何其幸运，无数先贤为我们奠定了精神与物质的双重基础，让我们随时翻阅，汲取营养，使我们强身健体，坐享其成。此时此刻，我们除去感恩，更要砥砺前行，才能无愧于我们所处的时代。

谢谢大家！

2023 年 5 月 18 日　世界读书日活动

在中国文明的汪洋大海之中，大船小舟都是一片树叶，能浮是你
尊重它，是它接纳你；能沉是你适应它，是它教育你。浮沉之间，
知微知彰，知柔知刚，焉有不知足者？

文化中国

　　我没能亲耳听见毛泽东主席 60 年前在天安门城楼上宣告中华人民共和国中央人民政府成立，但我却能感到现场聆听这一伟大声音时，每一个人不能自已的激动。我没有经历过旧中国那民不聊生的日子，也没有经历中国近代史上腥风血雨的战争，却能感受那时生活的苦难和战争的残酷。我们这一代人比上一代人幸运，因为我们与共和国一同成长。

　　生于 20 世纪 50 年代的人，最初的记忆一定是热火朝天的大干社会主义，大人们都在忙着建设新中国，情况的确也是如此。幼年的我清晰地记着老师领着我们参观人民英雄纪念碑、人民大会堂、中国历史博物馆，那些宏伟的建筑至今仍是新中国建筑史上的丰碑。

新中国十年大庆的时候，北京为此建成了十大建筑。这十大建筑中，有五座博物馆——中国革命博物馆、中国历史博物馆、中国人民革命军事博物馆、全国农业展览馆、民族文化宫，这些博物馆反映了新中国人民对文化与历史的需求。

中国人是有博物馆情结的。我想，这里的原因复杂，但一百多年来，西方列强对富饶祖国的掠夺，深深地伤了中国人民的自尊，这一点是根本原因。中国人民站起来了，只十年工夫，让全世界看见一个朝气蓬勃的新中国，让中国人自己建立一个"我们一切都能"的决心。

很多前辈为之努力，为之奉献。张伯驹先生在新中国成立后将重金购买的展子虔的《游春图》等国宝捐献给故宫博物院；朱家溍先生将祖辈价值连城的收藏也捐献给国家；梁思成先生为保护北京古城奔走呼吁，令人感佩。这些从旧中国走过来的知识分子，对中国文化有着深刻的了解，有着深厚的感情，有着一颗赤子之心。

我们的文化基因构成了我们文化的绚烂。我们的基因是什么呢？就是我们的汉字。当我们的先人在龟甲上刻上第一个字时，没想到它能够跨越数千年，将信息传达至今日。我们幸福啊！能与祖先沟通。一个美国汉学家对我说："你们中国人太幸运了，能看懂几千年前的文章，而英文却不能。"原因是：我们的汉字是表意的，英文是表音的。人类的声音一直在改变，人类的情绪一直在延续。

比如我们常说的"智者乐水，仁者乐山"出自《论语》；"皮之不存，毛将焉附"出自《左传》；"修学好古，实事求是"出自《汉书》。至于出自《诗经》的"关关雎鸠，在河之洲。窈窕淑女，君子好逑"，今天读来依旧亲切。古人的智慧，通过文字的积累，铸成丰碑。

中国字，形象、声音、辞意，三者一体，在世界范围内独一无二。漂亮的中国字一字一音，有四声，平上去入，抑扬顿挫。杜甫有诗："两个黄鹂鸣翠柳，一行白鹭上青天。"对仗严谨，平仄悦耳。黄绿白蓝，四种颜色，一幅画面。上句满足听觉，下句强调视觉，描绘的内容如此丰富，调动的感官如此愉悦，只需十四个汉字。

联合国六种官方语言，阿拉伯文、中文、英文、法文、俄文、西班牙文。凡文件都必须同时出具这六种文字版本，具有同等效力。在这六种文件中，中文文本永远最薄。这表明了中文非凡的表达能力。

我们常说国家，"国家"二字，国是国，家是家。"国"

字的繁体字，中间是个"或"，或与域通假，"域"是疆域，把疆域框起来就是国。简化字将国中之"或"改为玉石之"玉"，古已有之。大英博物馆藏有一个著名的宋代瓷枕，上面写着"家国永安"，这个"国"就是简化字。古人将疆域的"域"改为玉石的"玉"，想必认为中国是一块美玉。

　　再说"家"。中国人一般询问对方，都说："你家有几口人呢？"而西方人都说："你家有几个人？"我们为什么说"口"呢？是因为解决吃饭问题自古以来就是头等大事。古代中国，人口增殖表明国家强盛。今天，我们成功地解决了老百姓的吃饭问题。我早年在农村的时候，还常常看见农民们吃不饱呢。那时我自己吃一顿好饭，还津津乐道地说上几个星期呢。这个"家"字，实际上就是房子底下养了猪，解决了吃的问题。

　　自甲骨文起，金文、大篆、小篆、汉隶、魏碑、唐楷，汉字无论随时代如何演变，在国人眼中，日还是日，月还是月，山还是山，水还是水。稍加训练，这些简单的汉字任何人都可以看懂。

　　秦始皇统一汉字，功德无量。过去说书先生老说：天下大事，合久必分，分久必合。中华民族无论历史上怎么分裂，最终一定会统一。这缘于汉字的凝聚力。我们得感谢秦始皇，在汉字的文化基因下，中国人走到哪里，尽管发音不同，凭借汉字仍可有效沟通。新中国成立初期，立刻推广普通话，亦功德无量。今天，我们走到祖国任何一个地方，都可以用普通话交流，畅通无阻。而在我年轻的时候，走南闯北时，还常常发生语言不通引发的笑话呢！

我们的文化曾经给我们带来过什么呢？自汉代起，唐、宋、元、明、清，我们的祖国曾数次成为世界最强国，为世界文明进程做出了巨大贡献。凡是那时来过中国的外国人，都惊叹中国的文明程度。意大利人马可·波罗盛赞那时的中国繁盛昌明，工商业发达，城市繁华热闹。马可·波罗写下的游记，使每一个西方人都对中国无限神往。

可是19世纪以来，仅百年的时间，由于种种原因，我们开始衰落，积贫积弱，一败再败。1840年的鸦片战争，1860年的英法联军火烧圆明圆，1900年的八国联军入侵，将西方觊觎了许久的东方神秘大门打开，大肆掠夺。今天世界各国博物馆内的中国文物，大部分是这一时期流失的。

这长达一百多年的痛楚，中国人不堪回首啊！我们曾错误地将挨打的局面归咎于文化的厚重，似乎中国人已背负不起。错误地将自己的文化视为落后，使中国人付出了沉痛的代价。我们一直在寻找新的出路，一百多年过去了，蓦然回首，发现出路仍是我们的文化。

1995 年 10 月，新疆尼雅出土了一件重要的文物——一块织锦的护膊，上面织有八个大字，隶书"五星出东方，利中国"。那可是汉朝啊！五星红旗的概念，新中国的概念，都还没有呢。可上天仿佛发出了一个预言、一个天意。《汉书》有载："今五星出东方，中国大利，蛮夷大败。"那么，五星红旗和新中国就不是偶然了。

今天，新中国走过了六十年。六十年，一个甲子，一个轮回。老子在《道德经》中说过："万物并作，吾以观复。"万物都在同时成长，我看着他们轮回。

新中国的成就，有目共睹。我们不能设想，1999 年就有今天的成就；也不能设想，1989 年，是今天这个样子；更不能设想，1949 年，当毛泽东主席宣布中华人民共和国成立之时，哐当一下子，中国人的生活就和今天一样富足。路，是一步一步走出来的，是全体中国人民一步一步走出来的。

我们今天可以自豪地说：我们的灿烂文化，浩瀚无际，取之不尽，用之不竭。今天的中国人，重新接受并享受这迟来的愉悦，重新把自己的文化置放在一个新的高度。这是一个人、一个民族、一个国家成熟的体现。

我们今天已清晰地看到，文化的创造力，文化的软实力。汉字的基因构成了我们灿烂的文化，灿烂的文化为我们带来了生活的乐趣。传统文化为中国人民创造财富的同时，教育了国人怎样去尊重文化、善待文化。文化的魅力不仅仅是带给我们感官的愉悦，更重要的是带给了每一个中国人内心的尊严。

2009 年 CCTV 国庆特别节目

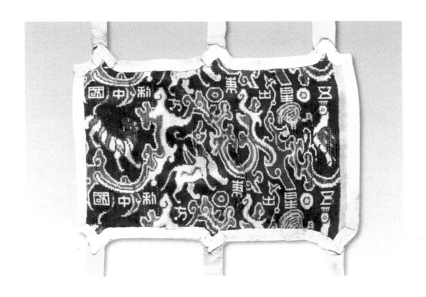

汉代 "五星出东方利中国" 锦护臂（局部）
新疆维吾尔自治区博物馆藏

我们生在长在中国这块文化土壤中，不管你在意与否，你都会受其营养滋润，让你在不知不觉中强壮身心。一个中国人，真的有资格自豪，五千年文明延续未断，各种文明的证物随处可看甚至可取，这不是中国人的福气么？

图书在版编目（CIP）数据

演讲与讲演 / 马未都著 . —— 武汉：长江文艺出版社，2023. 12（2024. 1 重印）

ISBN 978-7-5702-3349-6

I. ①演… II. ①马… III. ①演讲 – 作品集 – 中国 – 当代 IV. ① I267

中国国家版本馆 CIP 数据核字（2023）第 188840 号

演讲与讲演
YANJIANG YU JIANGYAN

马未都　著

选题产品策划生产机构 | 北京长江新世纪文化传媒有限公司
总　策　划 | 金丽红　黎　波
项目统筹 | 马丽娟

责任编辑 | 陈　曦　　　　装帧设计 | 郭　璐　　　　媒体运营 | 刘　冲　刘　峥　洪振宇
助理编辑 | 魏佳丽　　　　内文制作 | 张景莹　　　　责任印制 | 张志杰　王会利
法律顾问 | 梁　飞　　　　版权代理 | 何　红
总　发　行 | 北京长江新世纪文化传媒有限公司
电　　话 | 010-58678881　　　　　　　　　　　　　传　　真 | 010-58677346
地　　址 | 北京市朝阳区曙光西里甲 6 号时间国际大厦 A 座 1905 室　　邮　　编 | 100028

出　　版 | 长江出版传媒　长江文艺出版社
地　　址 | 湖北省武汉市雄楚大街 268 号湖北出版文化城 B 座 9-11 楼　　邮　　编 | 430070
印　　刷 | 天津盛辉印刷有限公司
开　　本 | 880 毫米 ×1230 毫米　1/32　　　　　　　　印　　张 | 9.75
版　　次 | 2023 年 12 月第 1 版　　　　　　　　　　　印　　次 | 2024 年 1 月第 2 次印刷
字　　数 | 160 千字
定　　价 | 68.00 元
盗版必究（举报电话：010-58678881）
（图书如出现印装质量问题，请与选题产品策划生产机构联系调换）